우울과 5년째 동거 중입니다

우울과 5년째 동거 중입니다

나 은 진   에 세 이

프롤로그

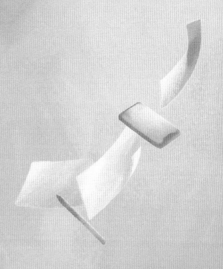

—— ✦✦✦ ——

　하루에 한 번, 자기 전에 약을 먹는다. 약의 개수는 상태마다, 병원을 다녀올 때마다 다르지만 현재는 두 알을 먹는다. 처음에는 아침과 취침 전, 두 차례에 걸쳐 약을 먹었는데 먹고 나면 졸음이 몰려오는 탓에 1일 1회로 투약 시기를 바꾸었다.

　나는 정신건강의학과에 다니고 있고, 약물 치료와 함께 상담을 병행하고 있다. 치료를 시작한 지는 얼마 되지 않았지만, 우울증을 겪게 된 시기는 꽤 오래전부터였던 것 같다. 당시에는 제대로 진단받지 않았으나 우울증 의심 증상이라고 하는 테스트를 해보면 나의 기분 상태는 흔히 말하는 '정상'과는 다른 궤도를 걷고 있었으니까.

　나는 십 대 청소년일 때부터 우울증을 앓아왔으나, 제대로 된 약물 치료는 해본 적 없이 상담만 받아가며 제 나름대로 우울증을 떨치기 위해 노력했었다. 하지만 우울증은 단순한 감정변화가 아닌 '정신질환'이라 좀 괜찮아졌다 싶어

방심할 즈음이면 소리 없이 다시 찾아왔다. 내가 이제까지 왜 정신건강의학과에 가길 망설였는지와 약물 치료를 시작하고 난 후 어떤 변화가 있었는지 그 과정을 이 책에 세세하게 담을 예정이다.

또한, 나는 청소년 시절부터 단기적, 장기적으로 꾸준히 상담을 받아왔다. 내 인생의 가장 큰 변화라고 할 수 있는 고등학교 자퇴 이후로는 약 1년 동안 장기적인 상담을 받았는데, 그 지난 시간을 되짚어보며 상담을 통해 얻었던 정보들과 감정의 변화 또한 찬찬히 짚어보고자 한다. 현재 진행 중인 상담을 통한 나의 변화까지도.

십 대에는 현실을 살아가고 싶지 않아 자살 충동이 들 만큼 감정이 격렬하게 끓어올랐던 우울증이었다면, 이십 대가 되어 겪은 우울증은 삶의 의지와 재미를 잃어버린, 무력감을 느끼는 무기력증에 가까웠다.

우울증이라고 하여 단 한 가지 증상만 보이는 게 아니며,

포괄적이고 단순해 보이는 단어 아래 수많은 증상과 장애가 존재한다. 나는 전문가가 아니기에 의학적으로 이러한 증상들을 설명할 순 없지만, 경험자의 입장에서 최대한 자세하게 나의 이야기를 풀어나갈 생각이다.

한 가지 확실하게 말하고 싶은 건, 우울증은 이겨낼 수 있다는 것. 그리고 나는 예전보다 확실히 더 좋아지고 있다는 점이다. 입맛이 살아나고 잠이 잘 오고 이전보다 걱정을 덜하게 되는 지금의 삶에 제법 만족하고 있다. 완전히 불안과 우울이 사라진 건 아니지만, 괜찮을 거라는 안도감과 희망이 내 안에 자리 잡았다.

이 책을 읽는 여러분들에게도 각자의 사정이, 각자가 느끼는 우울이 있으리라 생각한다. 다만 책을 읽으면서 열심히 살아야 한다는 강박을 갖지 말고, 진솔하게 적힌 감정에 너무 몰입하지 말고, 그저 한 권의 가벼운 에세이를 읽는다는 마음으로 가볍게 독서에 임하길 바란다. 단지 우리는 좋아질 수 있다는 마음가짐, 그 하나를 전할 수 있다면 이 책을 집필한 목표는 충분히 이루었다고 본다.

그러니 모두, 오늘도 행복하길 바란다.

2021년 10월 25일

가을밤을 품 안에 여미며

나은진

* * *

CONTENTS

5부 / 우울증 5년 차 되십니다

1부

우울증과의 첫 만남

내가 우울증을 앓게 된 이유가

단순히 나만의 문제였을까?

우울증, 넌 뭐야?

우울증은 어디서부터 시작된 걸까? 처음 우울증에 걸린 사람은 자신의 증상을 언제, 어떻게 깨달았을까?

「네이버 지식백과」*에 따르면, 우울증은 의욕 저하와 우울감을 주요 증상으로 하여 다양한 인지 및 정신·신체적 증상을 일으켜 일상 기능의 저하를 가져오는 질환이라고 한다. 원인은 명확하지 않지만 다양한 생화학적, 유전적 그리고 환경적 요인이 우울 장애를 일으킬 수 있다고 알려져있

---

* 「네이버 지식백과」, https://terms.naver.com/entry.naver?docId=926928&cid=51007&categoryId=51007

다. 치료로는 약물 치료와 더불어 정신 치료적 접근을 함께 하는 것이 가장 효과적인 방법이다. 즉, 약물 치료와 상담을 병행하는 것이 좋다는 거다.

중세 시대에는 우울증의 원인이 뇌의 문제라고 생각해 멋대로 뇌 절제 수술을 하기도 했고, 고문을 통해 환자를 되레 죽음에 이르게 하는 엉뚱한 의료법을 사용하기도 했다고 한다. 십여 년 전까지만 해도 우울증은 대중적인 병으로 인식되지 못했고, 정신의학과나 병원에 다닌다고 하면 그 사람을 '비정상인'으로 인식하는 경우가 많았다.

요즘 사회 분위기가 점차 침울해지면서 우울증이 일반 대중에게 가까이 가닿게 되었다. 덕분에 우울 장애는 누구나 걸릴 수 있는 것, 치료할 수 있는 것이라는 인식이 퍼졌다. 그러나 여전히, 치료를 위해 약을 먹거나 상담을 받는다고 하면 타인에게 떨떠름한 시선을 받기도 한다. 코로나19 유행 이후 '코로나 블루(우울)'라는 사회적 우울증을 뜻하는 신조어가 생기기도 했는데 말이다.

여기서 한 가지 짚고 갈 점이 있다면, '우울감'과 '우울증'은 다르다. '우울감'은 우리가 평소에도 느낄 수 있는 일시적인 우울한 감정을 뜻하고, '우울증'은 지속적이고 반사적으로 나타나는 증상으로 질병에 해당한다. 의학용어로는 '우울 장애'라는 단어가 맞지만, 대중들에게는 우울증이라는 단어가 더 익숙하니 두 단어를 혼용해 쓰고자 한다.

내가 처음 우울증을 만나게 된 시기는 열일곱 살, 고등학교 1학년 때였던 것 같다. 그전에도 학교를 다니면서 우울하고 슬프고 가기 싫은 날이 있었지만, '우울증'이라고 여길 만큼 장기적이고 지속적인 우울감을 느끼지는 않았다. 그런데 언제부터일까, 학교생활이 나와 맞지 않다는 걸 느끼면서 자연스레 미래에 대한 불안감과 함께 우울감이 찾아왔다.

당시 나는 작가라는 장래 희망을 이루기 위해 문예창작과 입학을 진로로 정해둔 상태였고, 입시를 위한 교과 공부와 진로를 위한 글쓰기 사이의 균형을 맞추는 데 정신이 없었다. 하고 싶은 일을 하기 위해선 공부도 중요하지만, 실기를 중요시하는 분야인 만큼 글쓰기에 집중하는 것도 만만치 않게 중요했다.

하지만 꼬박 10시간을 넘게 붙잡혀있어야 하는 학교 안에서 책을 읽거나 글을 쓰기란 무척 힘들었다. 10분 남짓한 쉬는 시간에는 방금 끝마친 수업의 필기를 하거나 다음에 있을 수업을 준비해야 했고, 점심시간이나 야간 자율학습

시간은 반 분위기가 소란스러워 글쓰기에 심혈을 기울일 수가 없었다.

그나마 숨통이 트이는 주말 역시 과제나 수행평가를 대비해야 했다. 나름대로 공모전과 백일장에 도전하기 위해 밤을 새워 글을 쓰기도 했지만, 계속해서 무리한 스케줄을 이어가기에는 체력이 부족했다.

물론 나만큼, 혹은 나보다 열심히 학교생활을 이어나가며 자신의 꿈을 위해 노력한 사람들도 있을 것이다. 하지만 나는 학교생활과 진로 활동을 병행하는 것이 너무 벅찼고, 학교생활을 이어갈수록 내가 가고 있는 길이 꿈을 향해 가는 길이 맞는지 의문이 들었다. 몸이 힘들어지고 마음이 불안해지니 자연스레 정신 역시 흐트러졌다. 학교생활에 의욕이 없어지고 스트레스와 우울감이 늘었다. 겉으로 보기에는 일상생활을 문제없이 잘해내고 있는 것 같아 보이지만, 속으로는 '지친다', '쉬고 싶다'는 생각을 끊임없이 했다. 하지만 갑자기 모든 활동을 그만둘 수는 없으니, 계속해서 나를 채찍질하며 억지로 살아가는 날들이 이어졌다.

휴식이 간절히 필요한데도 자신을 벼랑 끝에 몰아넣으니, 급기야는 극단적인 선택을 생각할 정도로 상태가 심각해졌다. 매일 죽고 싶다는 생각을 하다가 끝내 자살 방법을 찾아보는 상태가 됐을 즈음에야 내 상태가 많이 심각하다는 걸 깨달았다. 학기 초 진행했던 정신건강진단 테스트에서도 고위험 판정을 받아 따로 상담을 받고 개별 프로그램에 참여하기도 했다.

하지만 단순한 상담과 일시적인 프로그램만으로는 나아지지 않는 내 심리 상태를 해결하기 위해선, 근본적인 원인을 해결해야 한다고 느꼈다. 당시 그 근본적인 원인은 '학교'였기에 나는 자퇴를 통해 이 문제를 해결하기로 마음먹었다. 고등학교에 입학한 지 약 5개월이 지난 시점이었다.

나를 괴롭히는 우울의 원인

내가 우울증을 앓게 된 이유가 단순히 나만의 문제였을까? 내가 다른 사람들보다 감수성이 예민해서, 확고한 목표를 정한 것이 오히려 독이 된 탓에 내게 깊은 우울감이 찾아온 걸까? 물론 그럴 수도 있겠지만, 내가 청소년기에 갖고 있던 불안과 우울은 남들과 크게 다른 건 아니었다. 흔히 중학교에서 고등학교로 넘어갈 시기에 진로와 입시로 청소년들이 고민하듯이 나 역시 미래에 무얼 하며 먹고 살아야 할지를 고민했다.

작가가 되고 싶다는 명확한 꿈은 가졌지만 이 꿈을 이루기 위해 어떤 식으로 내 길을 찾아야 할지 막막했고, 현실적으로 생계를 이어가기 어렵다는 문제도 있었기 때문에 돈벌이가 될 본업을 택해야 했다. 하지만 그 당시의 나는 이상향에 젖어있었고, 배고파도 글을 쓸 수만 있다면 행복할 거라는 마음으로 문예창작과에 입학하겠다는 마음을 다졌다.

나는 하고 싶은 일을 찾지 못해 갈팡질팡하는 사람이 아니라, 하고자 하는 일을 위해 노력하는 사람이었다. 어릴 적부터 꾸준히 독서를 하며 나만의 글을 집필해가고 있었으니, 기회만 생긴다면 나도 내 이름으로 책을 낼 수 있을 거라는 기대를 품었다.

부끄럽게도, 그 시절의 나는 내 글솜씨를 높이 치고 있었다. 잘 쓰는 사람들 사이에서 조금 주눅이 들지언정 못 쓰는 축에 드는 편은 아니라고 생각했다. 문예창작과 입시 역시 힘든 길이 되겠지만 내 노력만으로도 성과를 얻어낼 수 있으리라 믿었다.

이랬던 내가 고등학교에 와서 망가졌다. 예상보다 더욱 숨 막히는 학교 분위기와 경쟁자로만 느껴지는 친구 관계, 폐쇄적인 공간에서의 한나절과 교사들이 부추기는 대입을 위한 강요들이 내겐 무거운 짐으로 다가왔다. 중학교를 다닐 때까지만 해도 조금 귀찮지만 즐거웠던 공간이 한순간 감옥처럼 바뀌어버렸다. 시간은 계속 흐르는데, 학교는 좀체 익숙해지지 않았고 내 마음은 점점 지쳐갔다.

그렇다고 학교생활을 대충했냐고 하면 그것도 아니다. 남들 하는 대로 수업에 집중해서 필기도 하고, 과제와 수행평가는 물론이고 보충수업과 야간 자율학습까지 챙겼다. 중학교 시절 내 취미이자 즐거움이었던 동아리 활동도 하고 싶어서 도서부를 포함한 동아리를 세 개나 가입했다. 같은 관심사로 모인 친구들과 선배들과 함께 나갈 대회도 준비했다.

너무 열심히 살려고 마음먹은 게 문제였을까? 공부에 집중하면서 입시를 위한 글도 쓰고, 동아리 활동까지 병행하려면 확실히 24시간 몸 하나로는 부족하긴 했다. 정해진 에너지에서 어느 정도의 비축분은 다음 날을 위해 남겨두었어야 했는데, 항상 끝까지 써버린 데다 급한 날에는 무리해서 그다음 날의 에너지까지 빌려 썼으니 의욕도 기력도 빠르게 소진되는 건 당연한 일이었다.

이렇게 열심히 살아가는 게 내 본디 성격이었다면 한순간 우르르 무너지지는 않았을 터다. 약간의 변명을 보태자면, 세상이 나를 열심히 살게 만들었다. 남들 하는 만큼만 하면 결코 성공할 수 없기 때문에 남들보다 더 노력해야 하고, 타인 역시 주변을 보며 분발하기 때문에 결국 다 같이 인생의 목표를 향해 전력 질주하게 된다. 여유를 갖고 걷는 사람들은 이 길에 존재하지 않는다. 그런 사람들은 저 멀리 뒤처졌거나 일찍이 성공을 포기했기 때문이다.

성공에 대한 갈망은 결핍과도 같았다. 남들보다 부족하게 살아왔기 때문에 갖지 못한 것을 갖고 싶다는 탐욕, 세상에 내 능력을 알리고 싶다는 명예욕, 어떻게든 빨리 성공해서 지금의 고민과 불안을 떨쳐내고 싶다는 심리. 어릴 적부터 차곡차곡 마음속 깊이 쌓아왔던 감정의 잔해에 불이 붙은 것이다. 내 노력의 원천은 나의 욕망이었고, 스스로를 갉아먹으며 불사르니 끝내 잿더미만 남아 더 이상 타오를 수 없게 되었다.

그래서 뭐가 그렇게 불안한데? 뭐가 부족해서 남들보다 더 큰 조급함과 책임감을 느끼게 된 건데? 이 물음에 대해선 선뜻 대답하기 망설여진다. 왜냐하면 내 과거사를 전부 꺼내어 늘어놓아야 하니까. 상담 과정에서도 다 풀어내지 못한 나의 삶을 줄줄 풀어낸다면 이 책은 '청소년의 우울 장애'

라는 주제와 목적을 잃고 단순히 나의 자서전이 될 것이라 자세한 대답은 자중하겠다. 내 우울한 감정 위주로 말해버려 이 책이 일종의 불행 포르노나 감정 쓰레기통이 되는 건 사양이다. 이 책을 쓰고자 한 이유는 청소년이 겪는 우울을 나의 경험담에 녹여 설명하고 함께 우울증을 이겨내고자 함이었으니까.

다시 본론으로 돌아가 말하자면, 우리 집은 어릴 적부터 가난했다. 물 떨어지는 처마 밑에서 배곯으며 살아온 사람은 아니어도, 남들보다 가질 수 없는 게 많았고 경험의 기회도 적었다. 동생이 여럿인 집안의 장녀로서 동생들을 돌보거나 가정을 책임지는 한 명의 어린 어른이 되어야 했으며, 고집도 세고 한 성깔 하는 덕에 부모님과도 자주 다투었다. 무엇보다 가난에 대한 결핍이 심했는데, 그러던 와중 돈 못 버는 직업을 택하고 말았으니 미래에 대한 불안감이 더 커져 버렸다.

내 고민은 단순히 학업에 대한 걱정은 아니었다. 독학으로 문예창작과에 합격할 수 있을까, 입시에 성공해도 대학 갈 돈이 없으면 어떡하지, 빚을 내서 대학을 다녀도 취업을 못 하면 어떡하지, 작가로 데뷔해도 돈은 많이 못 벌 텐데,

엄마랑 아빠가 날 감당하지 못해서 내가 나를 책임져야 하면 돈은 어떻게 벌지, 막내는 아직 어려서 나중에는 내가 책임져야 할 텐데 동생들을 돌볼 여력은 될까, 노후 준비도 안 한 것 같던데 그럼 부모님은 누가 부양하지…….

열일곱 살이 고민하기에는 너무나 많은 걱정이 쌓이고 쌓여서, 미래는커녕 현재도 제대로 버티지 못하는 상황에 부닥치고 말았다. 친구들과 고민을 나누기에는 우리 집안의 사정과 내 과거사를 다 들려줄 수도 없었고, 그들은 이런 고민을 하며 살아가진 않을 거라는 생각에 나 혼자서만 쌓아두고 한숨을 지었다. 부모님에게도 말할 수 없었다. 어릴 때부터 직간접적으로 느껴왔던 가난과 결핍은 단순한 노력으로 회복되는 건 아니었으니까.

사고는 어느 날 갑자기 발생하는 게 아니었다. 원인이 될 수 있는 작고 사소한 결함들이 뭉쳐지고, 거기에 작은 충격이 일어나는 순간 폭발하는 거였다.

우울과 우울증의 차이

　여기서 잠깐, 단순한 우울과 지속적인 증상인 우울증의
차이에 대해 다시 짚어보자.

　국가정신건강정보포털[*]의 정의에 따르면 '우울감', '우울
한 기분'은 누구나 느끼고 겪을 수 있는 감정이라고 한다. 다
만 이전보다 혹은 사회 통념상 다른 사람들의 반응에 비해
지나치고 오래 우울해 한다면 기분을 조절하는 데 문제가
생겼을 가능성이 크다. 특별히 슬퍼할 만한 일이 없는데도

---

[*] 국가정신건강정보포털, http://www.mentalhealth.go.kr/portal/disease/
diseaseDetail.do?dissId=38

자신의 생활에 지장을 줄 만큼 우울하다면 어떠한 기분을 느끼고 표현하는 데 병이 생겼다고 할 수 있다.

내가 우울증을 앓고 있다고 자각하기 전에도 우울한 일들은 많이 있었다. 가정 내에서 부모님과의 불화로 다툼을 하기도 하고 친구 관계에서 갈등을 겪은 적도 많았다. 중학교 재학 시절에는 동아리 활동에서 받는 스트레스, 학업과 미래에 관련한 고민 등으로 위클래스 상담실에서 종종 상담을 받기도 했으니 말이다. 어쩌면 내가 우울증을 자각하기 전부터 우울은 이미 내 곁에 들러붙어 있던 걸지도 모른다.

하지만 우울증을 겪기 전과 우울증을 겪기 시작할 즈음의 나의 심리 상태는 확실히 달랐다. 이전에는 우울한 일이 있어도 며칠이 지나면 우울한 감정이 해소되었고, 친구들과 만나서 놀거나 다른 일을 하며 우울하고 화나는 감정을 털어내려고 노력도 할 수 있었다. 과거는 미화된다는 말이 있지만, 그 시절을 생각해보면 즐거운 일도 많았다. 지금 떠올려보면 마음 아프고 힘든 일도 이겨낼 수 있는 동력이 있었던 것 같다.

고등학교에 입학한 후, 찾아온 우울을 이겨내려고 노력하지 않은 건 아니었다. 하지만 이전과 달리 나를 즐겁게 만들어주고 버티게 해줄 기둥이나 대상을 찾을 수 없었다. 학교생활도 즐겁지 않았고 집안에서도 나의 고민에 별다른 반응을 보이지 않았다. 야간 자율학습까지 마치고 집에 돌아오면 집 안의 불은 모두 꺼진 채 가족들은 자고 있어 숨죽여 씻고 잠들었던 기억이 난다. 힘든 상황에 도움이 되어줄 사람이나 일이 없다는 것은 내게 고립감을 주었다.

보통 사람들은 우울한 기분을 느낄 때 맛있는 것을 먹거나, 잠을 자거나, 운동을 하거나, 화를 내며 스트레스를 푸는 등 각자의 방법으로 우울감을 이겨내려고 노력한다. 나 역시 맛있는 음식을 먹거나 잠을 자는 식으로 찾아오는 우울한 감정들을 잘 풀어내려고 노력했다. 하지만 우울증을 겪을 당시에는 그 감정들을 어떻게 처리해야 할지 몰랐고, 무언가를 시도하기까지 큰 에너지가 필요했다. 유일하게 쉴 수 있는 주말에도 집 안에서 잠자거나 휴대폰만 하며 '보람 있는 일'을 해야 한다는 생각은 글로만 쓰기 바빴다.

내가 겪었던 증상 중에는 약간의 '강박 증세'도 있었다. 미래에 무얼 하며 먹고 살지, 어떻게 해야 더 좋은 대학교에 가고 내가 원하는 일을 할 수 있을지를 고민하며 현재의 일상을 미래를 준비하는 데에만 치중했다. 미래를 위해 공부하기, 미래를 위해 책 읽기, 미래를 위해 각종 공모전과 대회에 참가하기⋯⋯. 내 미래에 도움이 되는 일이 아니라면 쓸모가 없다고 생각했고, 조금이나마 휴식을 취하거나 여가 활동을 하면 할 일을 하지 않고 놀기만 했다며 자책했다. 분명 사람은 생산적인 일만 하며 살아갈 수는 없는데 말이다.

한편으로는 내가 가지지 못한 것을 가진 사람들이 부러웠다. 가정형편이 넉넉하다면 돈 문제에 연연하게 되지 않을 텐데, 내가 천재적인 필력을 갖고 있었다면 여러 대회에서 손쉽게 상을 타갔을 텐데, 내가 조금만 더 시간이 많았더라면, 내가 더 어릴 적에 이런 것들을 깨달았더라면⋯⋯. 한번 후회하고 아쉬워하니, 부러움은 어느새 열등감이 되어 내 머릿속을 가득 채울 만큼 부풀어 올랐다. 내가 가진 특기나 장점에 만족하지 못하고 나의 결점, 내가 가지고 있지 못한 것을 들여다보기 바빴다.

부정적인 생각을 떨쳐내려고 노력해야 하는데, 열심히 공부하고 글을 썼다면 쉴 줄도 알아야 하는데 생각처럼 잘 되지 않았다. 아니, 계속해서 어려운 상황에 놓이다 보니 행복이라는 감정을 영영 잃어버린 기분이 들었다. 어쩔 수 없이 해야 하니까 공부하고, 먹고 자야 살 수 있으니까 겨우 일상생활을 수행하며 살았다. 마음과 뇌 어디 한 군데가 텅 비어버린 것 같았다. 무엇으로 마음을 치료하고 채워야 할지 모르고 나를 채찍질하기에 바빴다.

차곡차곡 쌓이기 시작한 우울감이 비대해지자, 마음속에 있던 감정 청소부가 놀라 도망가버린 모양이었다. 그렇게 가득 들어찬 우울은 내 안에서 썩고 곪아갔다. 긍정적인 감정들이 살 수 없게 되자 '의욕 저하'와 '무기력'이 대신 자리를 꿰찼다. 정신이 점차 망가져 가는 게 느껴졌다. 해결책을 찾지 못해 이리저리 헤매기만 하던 마음속의 나는 결국 주저앉고 말았다.

단순하고 일시적인 우울감과 우울증은 종이 한 장 차이 같지만, 생각보다 큰 차이가 있다. 내가 나를 제어할 수 없다는 걸 깨닫는 순간, 나는 이 상황을 헤쳐나가기 위해 다른 사람의 도움을 받아야겠다고 생각했다. 마침 운 좋게 내게 도움을 줄 수 있는 사람이 찾아왔다. 교내 심리검사에서 고위험 판단을 받은 위기 청소년의 상담을 맡아주기 위해 찾아온 청소년동반자 선생님이셨다.

사느냐 죽느냐

"저, 자퇴하고 싶어요."

외부 기관에서 오신 상담 선생님을 향해 내뱉은 첫마디. 내담자의 심리 상태를 알아보기도 전에 먼저 본론을 들이밀었으니 얼마나 당황스러우셨을까? 하지만 상담 선생님은 차분히 내 이야기를 듣고 나서 물어보셨다. "왜 자퇴하고 싶다는 생각을 했니? 정해둔 계획이 있어?"

당시 나는 내가 자퇴하고 싶은 이유, 그리고 앞으로의 계획을 말로 줄줄 설명했다. 선생님은 방금 내가 말한 이야기들을 종이에 적어서 사람들을 설득할 증거를 가져오라고 했고, 나는 상담이 끝난 후 즉시 '자퇴 계획 노트'를 만드는 일에 착수했다.

놀랍게도, 모든 것을 시도할 의지도 기력도 없던 내가 자퇴 노트를 쓰는 데에는 열과 성을 다해 몰두할 수 있었다. 학교를 떠날 수만 있다면 나의 우울과 무기력도 해결될 수 있으리라는 근거 없는 믿음, 더 잘 살아갈 수 있을 것 같다는 희망이 만들어낸 에너지가 아니었을까 생각한다. 수업 시간에도 수업에 집중하지 않고 자퇴 계획을 쓰는 데에 집중한 건 잘못한 일이지만, 그만큼 나는 자퇴라는 선택지를 간절히 바라고 있었다.

그 이전까지는 내가 해야 하니까, 의무적이니까 마지못해서 하는 일들이 대부분이었다면 자퇴를 생각하고 계획하는 일은 '내가 직접 하고 싶어서'라는 명확한 이유가 있었다. 그래서일까? 나는 사흘 내내 자퇴 계획을 짜는 데에만 시간을 보냈다. 이미 자퇴를 결심한 뒤 한 달에서 두 달 동안 자퇴에 관련된 정보를 찾아다닌 덕분에 노트를 쓰는 건 그리 어렵지 않았다.

그리고 마침내 완성된 자퇴 계획 노트를 상담 선생님께

보여드렸고, 담임 선생님, 진로 선생님까지 차례차례 설득해가며 자퇴를 실현하는 데 한 발자국씩 나아갔다.

일어설 희망이 다시금 생긴 기분이었다. 학교를 뛰쳐나가기 위한 가장 무거운 한 걸음, 부모님의 허락만 제외한다면.

여기서 나의 학창 시절을 떠올려보자면, 나는 제법 학업과 친구 관계 그리고 방과 후 활동을 착실히 해내는 모범생이었다. 성적도 좋았고 항상 함께 다니는 단짝 친구 외에도 학교에서 인사를 나누고 대화할 친구들도 많았다. 초등학교 때는 서너 개의 방과 후 활동을 하며 나름대로 성취를 이루었고, 중학교 때도 연극부 활동에 집중하며 몇 개의 연극을 선보이기도 했다. 그 와중에도 책 읽기를 좋아해서 매일 같이 도서관을 드나들었으니 선생님들과 친해지는 것도 어렵지 않았다.

집안에서의 나는 욕심도 많고 고집도 세서 어릴 적부터 부모님과 크고 작게 다투긴 했어도 '자랑스러운 맏딸', '믿음직스러운 자식' 이미지를 잘 지키면서 '동생들의 모범'이 되어왔었다. 가족 수가 많아서인지 다른 가족들에 비해 대화도 많이 나누고 항상 시끌벅적한 집안이었다. 이 부분은 지금도 여전하다.

하지만 내가 자퇴라는 단어를 입에 올린 순간, 나는 집안에서 문제아가 되었다. 부모님의 골칫덩어리로 격하한 나는 입만 열면 부모님과 싸우기 일쑤였고 동생들은 소란스러운 집안의 상황을 외면했다. 우울하고 힘들었던 나에게 필요한 것은 가장 가까운 사람, 가족들의 위로와 지지였지만 그런 것들을 기대할 수 없었다. 나는 그 점에 가장 많이 상처를 받았고 자퇴하기 전까지 가족 고민으로 내내 힘들어했다.

하지만 거기서 포기하고 지냈다면, 어쩌면 지금의 나는 이 세상에 존재하지 않았을지도 모른다. 부모님이 격렬하게 반대한다고 자퇴를 포기할 수 있는 상태가 아니었다. 물론 내가 부모님의 성격을 닮아 견줄 만한 고집이 있는 것도 한몫했지만, 그때 자퇴는 살기 위한 나의 유일한 돌파구였다. 학교를 떠나는 선택이 아니면 앞으로 살아갈 의지를 갖지 못할 만큼 간절하고 위태로운 상태였다.

처음엔 화를 내던 부모님은 졸업장만 따도 좋으니 성적은 신경 쓰지 말라고 애원도 했고, 학교를 옮겨보는 게 어떻겠냐는 설득도 했다. 하지만 그 무엇도 내 귀에는 들어오지 않았다. 나는 이미 마음속에서 결정을 내렸고, 내 마음은 그

누구보다 확고했기 때문이다. 여느 때와 다름없이 자퇴와 관련한 문제로 부모님과 다투던 중, 울음을 참아내며 간신히 뱉은 한마디가 떠오른다.

"엄마. 나 살고 싶어. 자퇴 안 하면 진짜 죽을 것 같아."

부모의 입장으로 생각해봤을 때 얼마나 한심한 말이었을까? 그놈의 학교가 뭐라고, 자퇴 안 하는 게 뭐가 어때서 죽는다는 말까지 하냐고. 아마 우리 부모님도 비슷한 부류의 이야기를 했던 것 같다.

하지만 그 당시 나는 무엇이 옳고 그른지를 제대로 분간하지 못하던 상태였다. 학교에 가기 위해 잠자리에 들고 일어나 준비하는 과정, 학교에 들어와 시간표대로 꼬박꼬박 수업을 듣고 점심시간과 하교 시간에는 도서부 활동을 하고 숙제와 수행평가 등을 해야 하는 일련의 루틴들을 견디기 힘들었다. 매일 돌덩이를 등에 이고 살아가는 것 같았다. 흔히들 페르소나라고 말하는 사회적인 내 인격과 실제 내 마음의 괴리감이 커질수록 우울은 깊어졌다.

나는 무의식적으로 내뱉은 말인데, 친구들은 내가 학교

에서 항상 "집에 가고 싶다"라는 말을 했다고 한다. "죽고 싶다"는 말도 많이 했다. 밖에서는 최대한 괜찮은 척, 열심히 사는 척한다고 했는데도 긴장이 풀어지면 나도 모르게 힘든 티가 났나 보다. 상담실도 자주 찾고 했으니 어찌 보면 내 곁에 있어 준 친구들이 나의 우울을 가장 먼저 알아차렸을지도 모른다.

본론으로 돌아가, 그 당시의 나는 무척이나 우울했고 그 때문에 극단적인 성향으로 변한 상태였다. 그렇기에 휴학을 통해 충분한 휴식을 취하는 등의 다른 방법을 택하는 거라면 모를까, 나를 지속적으로 괴롭히는 학교를 계속 다니며 버틴다는 선택지는 생각할 수 없었다. 몇 달이나 이어진 끈질긴 설득과 다툼 끝에 자퇴 허락을 받아내긴 했다. 아니, 허락이라기보단 포기에 가까웠다. 긴 다툼이 끝나고 종전을 고했을 때, 나는 몸도 마음도 지친 상태였다. 많이 다쳤고 많이 아팠다. 그리고 울고 싶었다. 결국은 내가 원하는 대로 되었는데도.

안녕, 원인과의 이별

본격적으로 자퇴원을 내기 전, 나는 학업중단숙려제를 거쳐야 했다.

학업중단숙려제란 학업 중단 위기에 있는 학생들에게 최소 2주 이상, 최대 7주까지 숙려기간을 부여해 그 기간에 상담 및 프로그램을 지원하는 제도이다. 이 숙려기간에는 학교에 가지 않아도 출석이 인정되나, 학교 및 타 꿈드림센터에서 운영되는 프로그램이나 상담에 참여해야 한다. 그러나 숙려 기간에 시험 기간이 포함되어있다면 등교하여 시험을 치러야만 출석 및 성적이 인정된다.

숙려제를 거치지 않고 바로 자퇴하는 학교 밖 청소년들도 있으나, 나는 고등학교의 방침에 따라 2주간 숙려제를 거쳤다. 그리고 학교와 연계된 인근 청소년상담복지센터에서 주 1회 상담을 받으러 갔다. 단기적인 상담이었기에 길게 이어지지는 않았고, 내가 왜 자퇴를 하고 싶어 하는지, 그 이후의 계획이 있는지 등을 묻는 식의 간단한 질의응답이 이어졌다.

2주는 너무나 빠르게 흘러갔다. 숙려 기간에는 아무런 생각도 하지 말고 쉬자고 생각했기 때문에, 동생들이 학교에 가고 부모님이 출근할 때까지 집에서 잠을 잤다. 엄마와 함께 장을 보러 가거나 바람을 쐬러 가기도 했고, 대부분은 집에서 생활하고 컴퓨터를 하며 글을 썼다. 2주 동안은 학교에 안 간다는 사실 덕분인지 우울하지 않았다. 이렇게 마음 놓고 쉬는 게 얼마 만인지, 입가에 미소마저 지어졌다.

물론 한 번의 휴식으로 모든 게 나아진 것은 아니었다. 폭풍전야 같은 시련들을 이겨내고 겨우 얻어낸 평화에 이제 겨우 한숨 돌릴 뿐이었다. 이때부터 일기를 쓰기로 마음을 먹었는데, 첫날 일기를 쓴 뒤로 자꾸 깜빡해 남은 것이 없다. 제대로 기록을 잘해놓았다면 그 당시의 내 상태를 돌아보며 더 정확한 변화를 적을 수 있었을 텐데 말이다.

몸과 정신 건강을 회복하면서, 뇌가 우울해지지 않으려고 당시의 기억을 무의식의 바다에 풍덩 담가놓은 것인지도 모른다. 그래서일까? 뇌리에 아주 강력하게 남은 기억을 제외하면, 나는 열일곱 살에 무얼 하고 살았는지 자세히 떠올리지 못한다. 상담을 하고 책을 쓰면서 겨우 끄집어낸 기억들이 힘겨웠던 내 과거를 대변할 뿐이다.

가끔 내가 학교에 안 나오는 걸 보고 친구들이 뭐라고 생각할까, 내가 없는 학교에서는 무슨 일이 일어날까 궁금하긴 했으나 상념은 금방 사그라들었다. 어차피 내가 없어도 학교는 잘 돌아갈 거고, 곧 떠날 곳에 미련을 두고 싶지 않았다.

나는 이미 자퇴를 하기로 굳게 마음을 먹었기 때문에, 숙려 기간 동안 다시 학교로 돌아가고 싶다는 생각은 단 한 번도 하지 않았다. 아니, 맹세컨대 자퇴를 한 후에도 '그냥 학교 다닐걸' 하고 후회한 적 없다. 당시의 나는 최선의 선택을 했고, 선택의 결과에 만족하기 때문이다.

그렇게 2주가 지나고, 학교에 자퇴원을 내러 갔다. 서류를 제출한 뒤 담임 선생님과 과목 선생님, 그리고 교장 선생님께 인사를 드렸다. 반으로 돌아가 친구들에게 인사를 건네는데, 이상하게 눈물이 났다.

　나는 학교를 떠나는 게 기뻤고, 반 친구들과 화목하지 않은 건 아니었지만 더는 못 본다고 생각해 슬픈 것도 아니었다. 힘든 학교생활을 억지로 버텨왔던 지난 나날이 떠올라서였을까? 학기 초에는 열심히 해보려고 노력했던 추억들이 뒤늦게 되살아났기 때문일까? 부끄럽게도 나는 인사를 나누다가 눈물을 터뜨렸다. 친구들은 당황하며 나를 위로해주었고, 내가 떠나는 길에는 몇 마디 대화를 나누지 않았던 친구들도 인사해주었다.

　황급히 눈물을 추스르고 학교를 나와 차에 탔다. 집에 돌아가는 줄 알았는데, 엄마는 집이 아닌 다른 곳으로 차를 몰았다. 중간에 카페에 들러 커피 한 잔을 사고 묵묵히 어딘가로 향했다. 나도 어디 가냐는 물음 대신 말없이 뒷좌석에 몸을 맡겼다.

　엄마와 아빠, 나는 그렇게 화양구곡으로 향했다. 중간에 차에서 내려 바깥바람을 맞으며 커피를 마셨다. 아침을 먹지 않아 빈속이었지만 배가 고프지 않았다. 2017년 11월, 아마 글을 쓰는 이맘때쯤이었을 것이다. 오색으로 물든 낙엽

이 바닥에 떨어져 휘날리고, 발에 밟혀 바스락 소리를 내는 가을. 제법 쌀쌀한 바람에 양팔을 껴안은 듯 쓰다듬었던 기억이 난다. 엄마는 사진을 찍자고 했지만 별로 찍고 싶지 않아서 엄마를 대신 찍어주었다.

그렇게 다시 집으로 돌아가, 저녁에는 외식으로 갈비를 먹었다. 여섯 명의 가족이 다 같이 옹기종기 모여 앉아, 엄마와 아빠가 구워주는 갈비를 먹으며 자퇴한 날을 기념했다. 축하라고 하기엔 뭐하지만, 엄마와 아빠 나름의 위로였을 것이다. 학교를 떠나 세상 밖으로 향하려는 나를 위한 응원, 그동안 싸우고 갈등을 맺어온 우리 가족의 상처를 치유하기 위한 노력. 나는 말없이 갈비를 씹었다. 흘러나올 것 같은 눈물을 시원한 찬물 한 잔과 함께 삼키며 하루를 마무리했다.

집으로 돌아와 잠들기 전, 일기를 썼다. 오늘 자퇴한 순간부터 있었던 일을 적은 일기였다. 이 한 편의 일기 덕분에 나는 그날을 선명히 떠올릴 수 있었다. 내일은 좀 더 나은 날이 될 거라고, 내가 짜놓은 계획표대로만 살아간다면 나는 학교 다닐 때보다 더 행복하고 성공한 삶을 살아갈 수 있으리라고 확신했다. 일기를 다 쓰고 잠자리에 눕자, 지난날 있었던 일들이 하나둘 떠올랐다. 생각에 잠기지 않으려고 의식적으로 생각을 멈추면서, 나는 잠에 빠져들었다.

2부

회복 기간에 들어갑니다

가장 큰 원인인 학교에서 벗어났으니,
우울증을 고치기 위한 다른 방법을 모색할 때다.

자퇴 후 맞이한 현실

　　고등학교를 자퇴하고 새 인생이 시작됐다. 그동안 학교 생활에 찌들어 잊고 있었던 행복의 존재를 알게 되었다. 실제로 나는 자퇴 노트에 계획한 대로 자퇴 첫날부터 부지런하게 하루를 보냈고, 뭇 청소년들의 귀감이 되었다. 꿈을 이루기 위해 열심히 살아온 결과 지금 서 있는 자리까지 오게 되었다. 내 입으로 직접 말하기엔 부끄럽지만, 제법 훌륭한 삶을 살아온 것 같다.

　　라고 자신 있게 말할 수 있었으면 얼마나 좋았을까? 이 책을 펼친 순간부터 이미 예상했을지도 모르지만, 나는 그렇게 대단한 사람이 아니었다. 매일매일 계획대로 살아가고 나 자신을 제어할 수 있었다면 지금과는 아주 많이 다른 삶을 살고 있지 않았을까? 지금 이런 책을 쓰는 대신 '나는 이렇게 성공했다'라는 이름의 자서전을 쓰고 있었을 수도 있겠지.

여하튼 나의 자퇴 후 생활은 그리 파란만장하지는 않았다. 나를 괴롭게 만드는 주원인에서 탈출했기 때문에 당장의 고통과 자살 충동은 덜어졌지만, 자퇴를 설득하는 과정에서 부모님과 겪었던 불화와 그로 인한 마음의 상처, 앞으로 혼자 헤쳐나가야 할 미래에 대한 걱정 등이 쌓여 절로 한숨이 나왔다. 몸과 마음이 지친 상태에서 당장 자퇴한 다음 날부터 아침 일찍 일어나 공부를 하고 글을 쓰며 일과를 충족하기는 쉽지 않았다.

자퇴 다음 날은 어찌어찌 아침에 일어나 밥을 먹고 글을 썼다. 그러나 이튿날부터 나의 계획은 완전히 망가졌다. 기존 수면 시간을 지키는 대신 새벽 늦게까지 컴퓨터 앞에 앉아있다가 자고, 해가 중천에 뜰 즈음에야 일어났다. 하루에 8시간을 넘게 컴퓨터 앞에 앉아있어도 글 한 줄 제대로 못쓰는 날들이 많았다. 그럴 때마다 나는 절망했고, 자책했고,

자퇴 후에는 더 열심히 살 거라고 당당하게 외쳤으면서 가족들에게 한심한 모습밖에 못 보여주는 내가 부끄러웠다.

잘하고 싶은 마음만 있고 게을러서, 몸이 안 따라줘서 계획대로 살지 못한다는 생각이 들었다. 힘들어하는 나를 이해하고 돌봐주는 대신, 나는 왜 이렇게 의지가 약할까. 왜 이렇게 게으를까 하고 스스로 채찍질했다. 엄격한 잣대를 들이밀고 해내지 못하면 절망에 빠지는 나날의 연속이었다.

자퇴를 한 것이 2017년 11월, 봄이 오기 전까지 겨우내 집 안에만 있었다. 햇빛을 받지 못해 우울해지는 계절이라고 하는데 집에만 있으니 상태가 더욱 안 좋아지는 건 당연한 일이었다. 평일에는 엄마 아빠와 함께 외출을 하기도 했지만, 그래도 여전히 집에 있는 시간이 더 길었다. 정확히는 컴퓨터 앞에 앉아있는 시간이 많았다. 뭐라도 쓰고 찾아보고 해야겠으니 창을 켜놓고 모니터만 보는데, 흰 백지의 한글 창을 보고 있으면 생각이 멍해졌다. 그럴 때면 내가 뭘 써야 하는 건지, 뭘 쓰고 싶은 건지 아무 생각도 나지 않고 머릿속이 텅 비어버린 기분이었다.

내가 제대로 글을 쓰거나 마땅히 할 일을 하지 않고 매일 집 안에만 있으니, 처음에는 가만히 지켜만 보던 부모님도 점점 답답해하셨다. 그렇게 지낼 거면 왜 자퇴를 했냐고, 차라리 다시 학교로 돌아가라는 말도 했다. 한숨을 내쉬고, 욕을 하고, 다른 사람들에게 내 험담을 늘어놓으며 하소연하는 것을 옆에서 가만히 지켜보며 화를 삭였다.

가끔은 말다툼도 하고 화도 냈지만, 나도 이런 내가 싫어 끝엔 속상해하고 몰래 울기도 많이 울었다. 잠자리에 들 때마다 잠이 오지 않았다. 머릿속으로 자꾸만 우울한 생각이나 걱정을 하게 되어서, 이불이나 베개가 눈물로 축축해지기도 했다.

자퇴 후 맞이한 현실은 내 예상보다도 더 힘들고 울적했다. 결국 남들이 걱정하고 예상한 것처럼 하릴없이 놀고먹기만 하다가 후회하는 게 아닐까 두려워졌다. 산더미처럼 불어나기 시작한 불안감은 나를 집어삼켰고, 이대로 가다간 계획대로는커녕 일상생활도 제대로 챙기지 못한 채 스스로를 망칠 거라는 생각이 들었다.

겨울이 지나고 봄이 찾아오기 전 2018년 2월, 나는 학교에 다닐 적 만나 뵈었던 청소년동반자 상담 선생님께 전화를 걸었다. 내가 자퇴할 수 있도록 계획을 함께 짜주시고 다양한 연계 센터 등을 소개해주시며 종종 연락을 이어가고 있던 분이셨다. 오랜만에 안부 인사를 나누면서, 이제 슬슬 검정고시를 준비해야 할 것 같은데 어떻게 해야 할지 모르겠다는 이야기를 전했다. 학업중단숙려제 기간을 거쳤을 때, 해당 꿈드림센터에서 자퇴 후에 연락을 주겠다고 했지만 따로 연락을 받지 못했기 때문이었다.

내 이야기를 전해 들은 선생님은 센터 측에서 아직도 연락을 주지 않았냐고 화를 내시면서 당장 꿈드림센터에 연락하겠다고 하셨다. 그리고 얼마 지나지 않아 꿈드림센터에서 연락이 왔다. 내가 자퇴 과정을 밟는 사이 담당 선생님이 일을 그만두고 새로운 선생님이 오셔서, 인수인계 때 누락이 된 모양이었다. 3월부터 검정고시 준비를 위한 멘토링과 수업이 시작되니, 자세한 사항은 센터에 직접 와서 이야기를 나눠보자는 답을 받고 전화를 마쳤다. 아침 일찍 병원을 갔다가 집에 돌아가는 길이었는데, 전화를 끊고 나니 어쩐지 발걸음이 가벼워졌다.

2018년 열여덟의 봄. 나는 우울과 무기력과 이별하기 위해 일어서기를 택했다. 이제 더 이상 집 안에 틀어박혀 스스로를 가두고 싶지 않았다. 여전히 무언가를 시도하고 열심히 살아갈 정도의 기력은 없었지만, 적어도 반드시 해내야 할 일을 시도하면서 천천히 변화하고 싶은 마음은 있었다. 우선 검정고시라는 큰 산을 넘은 후에, 진정으로 자퇴하고 나서 하고 싶은 것이 무엇인지를 생각해보자, 그렇게 다짐하고 나니 마음이 조금 편해졌다.

마침내 나는 긴 우울에서 벗어나 회복 기간에 들어갈 준비를 마쳤다.

약속을 잡으면 눈이 떠져요

　다른 사람들도 그럴지 모르겠지만, 나는 부지런히 살아가기 위해서는 강제적으로 스케줄을 만들어야 한다. 평소나는 잠이 많아서, 알람을 맞추지 않으면 오후 12시에서 1시까지 잔다. 하지만 오전 11시에 수업을 잡으면 센터에 가는시간을 포함해 적어도 9시에는 일어나야 한다. 약속한 시각에 지각할 수는 없으므로 반드시 9시에는 눈을 뜨게 된다. 이런 식으로 강제적인 스케줄을 만들어놓으면 생활습관을유지하면서 할 일을 할 수 있기 때문에, 항상 오전에 일정을잡아두곤 한다.

그리고 약속을 잡아두면 싫어도 씻어야 하고 밥을 먹고 외출을 해야 하기 때문에, 집 안에서만 지내며 생긴 게으름과 우울감을 동시에 이겨낼 수 있는 계기가 된다. 우울증의 상태가 심각할 땐 마음을 먹어도 해내는 게 힘들지만, 다른 사람의 신뢰와 시간이 걸린 약속이라고 생각하면 억지로라도 몸이 움직여졌다.

사실 그 당시의 나를 움직이게 하는 동력은 내 의지보다는 다른 사람들이 나를 어떻게 보는지, 그 시선이었다. 몇 달간 대부분을 집에서 놀았으니, 이제는 슬슬 휴식을 마칠 때였다. 내가 계획했던 일들을 해나가며 남들에게 자퇴했다는 사실이 부정적으로 보이지 않으려고 노력했다. 일찍이 다른 사람들에게 걱정 섞인 비난을 받았기 때문에, 그 시선과 콧대를 납작하게 눌러줄 만큼 잘 사는 모습을 보여주고 싶었다.

오랜만에 꿈드림센터에 발을 들였을 때, 새로운 선생님들과 만나며 느끼는 어색한 공기에 절로 말이 꼬였다. 센터 선생님들은 사적인 관계를 맺고 넓히는 데 서투른 나를 잘 맞아주셨고, 사전에 검색을 통해 알아왔던 검정고시 교육 외에도 센터에서 운영하는 다양한 프로그램을 추천해주시며 자퇴 이후에도 소속감을 느낄 공간이 있도록 도움을 주셨다.

우울증이 생기면 더욱 집 안에만 있고 싶고 사람들을 만나는 걸 꺼리게 되겠지만, 그럴 때일수록 마음이 맞고 편안한 사람들과 소통하며 인간관계를 놓지 않아야 한다. 그리고 가끔은 새로운 인연을 만나며 어색함 속에서 느낄 수 있는 긴장감과 기대감을 경험하는 것도 좋은 일이다. 나 역시 내향적인 사람이라 새로운 인연을 만들기보단 기존 인연들과 만나는 게 편하지만, 살아가다 보면 어쩔 수 없이 부딪쳐야 하는 일들이 있으니까.

그리하여 오전에는 검정고시를 위해 1:1 멘토링 수업을 듣거나 스마트 교실이라는 단체 수업을 들었고, 오후에는 도서관에 가서 책을 읽었다. 저녁에는 집에 돌아와 컴퓨터 앞에 앉아 글을 쓰며 시간을 보내고, 주말이 되면 집에서 쉬거나, 가끔 오프라인에서 열리는 백일장 및 공모전에 참가하기 위해 서울을 오갔다. 본격적으로 다시 시작된 일상은 여유롭게, 하지만 적당한 성과를 낼 수 있는 한에서 이어졌다.

공부와 취미, 상담과 휴식을 병행하며 살아가니 지쳤던

마음도 조금씩 회복되는 게 느껴졌다. 당장 '행복하다'라고 말할 만큼은 아니었으나 자살을 생각하는 빈도가 줄어들고 마음이 편해졌다. 당시에도 밤에는 우울한 생각이 들어 몰래 눈물 흘리며 잠드는 날들은 있었지만, 괜찮아지고 있다는 생각이 나를 안심시켰다.

그리고 내가 다시 일어설 수 있게 옆에서 도움을 주는 선생님과 관계의 회복을 위해 노력하는 부모님, 자퇴 후에도 나를 응원하고 놀아주는 친구들이 있어 큰 도움이 되었던 것 같다.

우울증이 시작되면 생활습관부터 망가지고, 생활습관이 망가지면 우울증이 깊어진다. 생활습관과 우울증은 떨어트리려야 떨어트릴 수 없을 정도로 아주 가까운 상관관계를 갖고 있다. 단순히 하루 이틀 늦잠을 자고 할 일을 하지 않는 것을 의미하는 게 아니다. 그런 생활이 일주일이 되고 한 달이 되면 어느새 나의 일상이 조금씩 틀어져 가는 것이다.

그 상태를 자각할 때가 되면 이미 늦었다는 생각이 들지도 모르지만, 원래 본인의 증상을 일찍이 알아차리기란 쉽지 않다. 깨닫고 달라져야겠다는 마음을 먹은 순간부터가 시작이다.

가장 큰 목표인 검정고시 고득점 합격, 그리고 포기하지 않은 작가로서의 꿈. 나는 꾸준히 글을 쓰면서 반드시 글로 성공할 거라는 목표를 다졌다. 출간을 통해 책을 내든, 공모전에서 수상하든 간에 나의 이름을 알리고 싶다는 명예욕이 불타올랐다. 물론 돈까지 벌 수 있으면 금상첨화다.

그 당시의 나는 현실을 잘 몰랐기에 더 꿈에 젖어있었지만, 그 희망은 현실을 다시 나아갈 수 있게 하는 원동력이 되었다. 결과가 무척이나 좋다고 말할 수는 없지만, 적어도 그 당시의 내가 실망하지 않을 성과는 해냈기에 큰 불만은 없다.

하여간 강제적인 스케줄이 아니었다면 스스로 마음먹고 일어서기란 많이 힘들었을 터다. 힘들어도 먹고살기 위해 어쩔 수 없이 일을 하는 것과 같은 마음이랄까?

앞으로는 당시 내가 우울증에서 벗어나기 위해 받았던 상담과 나름대로 열심히 살기 위해 택한 다양한 활동에 대한 감상을 남겨보고자 한다. 벌써 시간이 흘러 성인이 된 내가 청소년 시절 발버둥 친 기록들을 회상하고 있으니 기분이 묘하다. 그래도 내가 어떻게든 열심히 살아보려고 한 의지가 느껴져서, 고맙고 한편으로는 아련하다.

장기 상담을 시작하다

가장 큰 원인인 학교에서 벗어났으니, 이제는 우울증을 고치기 위한 다른 방법을 모색할 때다. 그 방법으로 나는 장기 상담을 택했다. 학교에 다니던 시절 진행했던 심리검사에서 고위험 판단을 받았던 나는 외부에서 오신 상담자 선생님과 상담을 진행했는데, 그분이 바로 지금의 나를 살아있게 해주신 청소년동반자 선생님이시다.

나는 초등학교 고학년일 시절부터 또래 상담자로 활동했고, 중학교 때는 종종 위클래스를 찾아가 상담을 받았기 때문에 선생님과의 만남이 그리 어색하지는 않았다. 하지만 외부 기관에서 파견되어오셨다는 점이 약간 부담스럽기는 했다. 그런데도 앞서 말했던 것처럼, 나는 선생님을 처음 뵙자마자 자퇴하고 싶다는 의견을 남기고 설득을 위해 자퇴 계획 노트를 작성한 바가 있다. 선생님이 그 뒤로 나의 자퇴와 이후의 생활을 적극적으로 지원해주신 덕에, 상담에 더 적극적이고 열의 있게 임할 수 있었던 것 같다.

청소년동반자 선생님은 내가 가장 힘들었던 시기에 만났던 분이셔서 그런지, 다른 상담 선생님들보다 더 애착이 간다. 그리고 가장 오랜 시간 상담을 함께 해주신 분이기도 하다. 거의 1년 남짓한 시간 동안 길고 험난한 상담을 포기하지 않고 쭉 이어왔으니까. 그리고 누구보다 나의 의견과 감정을 이해해주고 내 편이 되어주셨다. 그 응원과 지지가 내게는 정말 많은 도움이 되었다.

자퇴 이후, 우리가 만나는 장소는 학교에서 꿈드림센터로 바뀌었다. 가끔은 기분 전환을 위해 카페나 식당에서 만나기도 했다. 다른 상담 대상 청소년들도 대부분 센터나 바깥에서 만나지만, 아예 집 밖을 나서는 것조차 꺼리는 은둔 청소년들은 청소년동반자가 직접 자택까지 찾아가 상담을 진행한다고도 한다. 나는 그 정도까진 아니었고, 상담과 공부를 똑같은 센터에서 진행했기 때문에 대부분의 상담이 꿈드림센터에서 진행됐다.

자퇴 이후 상담의 주요 주제는 무기력과 우울감을 이겨내는 방향으로 바뀌었다. 막상 자퇴했는데도 행복하지만은 않고, 애써 세워놓은 계획마저 우르르 무너지는 삶을 살고 있다고 말하면서 내 불만이나 감정들을 선생님에게 솔직하게 털어놓았다. 선생님은 말없이 들어주시고, 가끔은 맞장구도 쳐주시면서 내 고민에 대한 해결책을 함께 고민해주셨다. 상담에서 보다 중요한 건 말하기보다 듣기라던데 그 말이 꼭 맞았다.

그때 내가 상담에서 털어놓는 고민은 여럿 같아 보였지만, 사실 그 결은 비슷했다. 미래에 대한 불안감, 자퇴한 후 스스로 입시를 준비하려니 어떻게 해야 할지 모르겠다는 막막함, 빈곤에 대한 결핍과 가정의 불화, 그 사이에서 커지는 분노와 불안과 우울. 고민은 한 번에 확 풀어낼 수 있는 것이 아니었고, 내 힘과 노력으로 해결할 수 있는 것도 아니라고 생각했다. 게다가 나는 아직 청소년이었다. 내 힘으로 돈을 버는 것도, 독립하는 것도, 뭔가를 해내기도 부족한 나이였다. 법적으로도 인정받지 못해 제한되는 행동들이 많았고 아직까진 부모의 통제 속에 있어야만 했다.

　십 대 청소년일 적 나는 그 사실이 못내 억울했던 것 같다. 무언가를 하려면 꼭 부모의 허락이 있어야 했다. 자퇴도 마찬가지였다. 부모님이 반대하지 않았더라면 일찍이 자퇴해서 곧장 다음 해 4월에 있을 검정고시를 준비할 수 있었을 텐데, 유예 기간이 지나지 않아 뒤늦게 검정고시를 치렀으니까. 자퇴를 설득할 당시 부모님과 너무 잦은 갈등을 겪어서인지, 시간이 지나고 관계를 회복하려 노력함에도 마음은 쉽사리 열리지 않았다.

　당시 나는 집을 떠나고 싶었고, 가족과 멀어지고 싶었고, 또 한편으로는 내 힘만으로 성공하고 싶었다. 성공에 대한 명예욕과 금전욕이 상당히 강했다. 이게 원래 내 성향이라서 그런 건지, 자라온 환경에 영향을 받은 것인지는 몰라도 단 하나는 명확했다. 좋아하는 일로 직업을 삼고 인정받고 싶다는 것. 그건 바로 글이었고, 작가로서의 성공을 뜻했다. 남들의 이야기는 귀에 들리지 않고 한창 꿈에 젖어있을 나이이기도 했다.

　사실 내가 글 쓰는 일을 하겠다는 걸 어른들이나 부모님이 격하게 반대한 적은 없다. 그저 돈 못 버는 직업이니 취미로 써라, 겸업으로 하다가 나중에 성공하면 그때 전업 작가가 되라는 식으로 뼈아픈 현실과 관련된 조언 내지 잔소리만 했을 뿐이다.

하지만 나는 글을 단순히 취미로 쓸 생각은 전혀 없었다. 하루에서 온전히 글에 집중할 수 있는 시간이 필요했다. 취미나 겸업으로는 글을 쓰고 몰두하는 데 비중을 두기 어렵다. 고등학교를 다니며 그 사실을 깨달았다. 인간은 원래 '멀티'가 안 되는 존재라지만, 나는 더더욱 두 가지 일을 동시에 지속할 수 없는 인간이었다.

더욱이 우울감이 깊어져 글도, 공부도 제대로 잡히지 않는 상황이 되니 마음만 더 무거워졌다. 이대로 가다간 글이나 공부나 하나라도 제대로 해내기는커녕 내 정신을 붙잡고 있는 것조차 못 할 거라는 생각에 학교를 뛰쳐나오기는 했으나, 마음속에 자리 잡은 커다란 상처는 내버려두는 게 아니라 치료해야만 아문다는 걸 뒤늦게 깨달았다. 나는 내 이야기를 들어주고 공감해줄 사람을 필요로 했다. 다행히도 그 사람은 멀지 않은 곳에 있었다.

하소연은 누구나 할 수 있지만, 정작 그 문제가 생긴 원인과 그 속에 있는 과거사, 가정사, 성장 환경까지 들추어가며 자신을 설명하기란 쉽지 않은 일이다. 하물며 나를 도와줄 사람이라고 하더라도, 내가 이런 사람이라는 걸 알리고 싶지 않아 한다. 누구나 자신의 성격 중 모난 부분이나 결점은 좋아하지 않고, 이를 남에게 드러내기는 더더욱 싫을 테니까.

나 역시 마찬가지였다. 솔직해지고 싶지만 한편으로는 못난 나를 드러내는 게 싫었다. 이야기를 줄줄 늘어놓다 보면, 어느새 내 안에 있는 나의 대변자가 본심을 드러낼 수 없도록 한 겹 방어막을 치거나 혹은 나를 괴롭히거나 괴롭게 한 원인들을 온전히 탓하지 못하고 나에게도 잘못이 있다는 식으로 돌려 말했다. 비록 마음이 힘들어서 상담을 받고 있지만 나는 그렇게 잘못된 사람이 아니며 어떻게든 잘 지내려 노력하고 있다는 사실을 어필하려는 것처럼 말이다. 어쩌면 이건 지금도 그런 것 같다. 쉽게 고쳐지지 않는 버릇 같다.

선생님은 주의 깊게 내 말을 잘 들어주셨고, 내가 스스로를 탓하려고 하면 적당한 이유를 대면서 나를 위로해주셨다. 이야기를 하다가 감정이 북받칠 땐 감정을 잘 정리할 수 있도록 늘어놓은 이야기를 잘 풀어 설명해주시고, 늦게 자지 말고 햇빛을 보면서 산책도 하라는 식의 걱정 어린 조언을 덧붙이는 것도 잊지 않으셨다.

그렇게 어찌어찌 상담이 잘 진행되는 듯했다. 여느 때와 다름없이 일주일 만에 만나 그동안의 일과를 이야기하고 지난 시간에 전부 나누지 못한 일에 관해 대화할 때였다. 잠시 이야기를 멈추고 숨을 고르던 나에게, 선생님은 부드럽게 말씀하셨다.

"은진아. 너무 착하게 보이려고 하지 않아도 돼. 너를 그렇게 숨기려고 애쓰지 않아도 괜찮아."

나는 아니라고 말하려고 했지만, 그 말을 듣는 순간 울컥 눈물이 밀려 나왔다. 그것이 일종의 자기방어에 가까운 행동이었다는 건 나중에야 알 수 있었다. 다만 선생님께 내 본심을 감추려는 모습을 전부 들켰다는 생각에 가슴이 찔리면서도, 그 부분을 알아봐 주셔서 감사하다는 마음이 들었다.

있는 그대로의 나를 받아들이기

왜 우리는 감정을 숨기게 되는 걸까? 솔직하게 내 이야기를 털어놓아야 하는 상담에서조차 본심을 감추려 하거나 본래의 이야기를 과장해서 혹은 축소해서 털어놓게 되는 것일까?

본래 마음은 그러고 싶지 않은데도 무의식적인 방어기제 때문에 드러나는 반응일 것이다. 실제로 내가 나의 모습이나 상황을 좋게 말하려고 포장하거나 마치 제삼자의 일인 것처럼 거리를 두고 말하는 행동 역시 일종의 방어기제라고 설명을 들은 바 있으니까.

'착한 아이 증후군'이라는 말이 있다. 어른이 되어서도 자신의 감정을 솔직히 표현하지 못하고, 타인에게 착한 사람으로 남기 위해 욕구나 소망을 억압하면서 지나치게 노력하는 것을 말한다.[*]

나는 이 증후군이 우리 한국 사회에, 그것도 특히 여성들에게 많이 발견된다고 생각한다. 한국 사회의 가정양육방식과 성장환경에 있어 아이가 자신의 감정을 숨기고 착한 아이가 될 수밖에 없는 경우가 많다. 물론 나 역시 이러한 증후군이 있다는 걸 느꼈고, 지금도 느끼고 있다.

나는 제법 내 감정에 솔직한 편이라고 생각했고, 내 마음을 드러내야 하는 상담에서는 상담사 선생님께 관련된 사건이나 그에 관한 내 감정을 표현하려고 더욱 노력했다. 하지만 이야기를 하다 보면 어느새 나도 모르게 숨기고 싶어 감상에 관한 말은 하지 않거나, 남의 입장에서 상황을 관찰하고 서술하는 것처럼 말을 하고 있었다. 예전에는 자각하지 못했는데, 상담 선생님이 이러한 부분을 지적해주면서 나에게도 이러한 방어기제가 있다는 걸 깨닫게 되었다.

---

[*] 「네이버 지식백과」, https://terms.naver.com/entry.naver?cid=58345&docId=3390587&categoryId=58345

하지만 이런 버릇을 단번에 고치기란 쉽지 않다. 자신의 어렸던 생각이나 솔직하게 말하기 부끄러운 감정들을 감추고 싶어 하는 건 인간의 본능이다. 다만 이런 부분들을 정확하게 짚고 넘어가지 않으면 무엇이 문제인지, 또 문제에 대한 나의 정확한 감정과 원인은 무엇인지를 점점 찾기 어려워진다.

이렇게 어리석은 나의 모습도 남에게 알려주고 감내해야 한다니! 처음에는 어렵겠지만, 결국 과거의 나도 지금의 나도 전부 본인이 아닌가. 있는 그대로 자신의 모습을 받아들이고 존중하는 일은 상담을 할 때도, 일상의 삶을 살아갈 때도 꼭 필요한 부분이다.

내가 상담을 하면서 느낀 감상은, 이상적인 나와 현실의 내가 너무 달라 그 괴리감과 부담감에서 오는 좌절이었다. 과도한 학업 스트레스와 미래에 대한 불안감으로 스스로를 갉아먹었다. 그런 상황에 안식을 취하거나 기댈 곳이 어디에도 없다고 느꼈고, 상담 선생님이나 친구들에게 하소연해도 상황이 달라지지 않아 절망했다. 해결 방법이 없다고 생각하니 자연스레 우울감이 찾아왔다. 그로 인해 자살 충동을 느끼기도 하고, 감정이 오락가락 불안정해졌다.

무엇보다 이 상황을 벗어나고 싶다는 탈출 욕구가 강하게 들었다. 학교 계단을 내려가면서 발을 잘못 헛디뎌 떨어지면 병원에 입원할 수 있지 않을까, 그럼 학교에 가지 않을 합법적인 이유가 생기는 게 아닐까 하고 생각하기도 했다. 잠을 자기 위해 잠자리에 누울 때마다 내일 아침에 일어나야 한다는 생각에 스트레스를 받아 제대로 잠을 청하지 못했다. 새벽 늦게까지 잠을 자지 못하거나 날밤을 새우는 등 불면증도 있었는데, 그렇게 고요한 밤에 혼자 눈을 감고 있다 보면 부정적인 생각들이 머릿속을 온통 지배했다.

이러한 상태가 위험하다는 걸 자각하고, 주변 사람들에게 조금 더 일찍 도움을 요청했다면 학교를 자퇴하는 선택을 하지 않았을 수도 있었을 거라는 생각이 든다. 자퇴한 걸 후회하지는 않으나 극단적으로 생각하기 전, 좀 더 이성적으로 이 상황을 판단할 여유는 생기지 않았을까? 하지만 당장 정신건강의학과에 가는 선택은 할 수 없었는데, 그럴 만한 이유가 있었다.

보수적인 부모님은 우울증을 부정적으로 보셨다. 우울증은 의지가 나약해서 걸리는 병이라고 생각했고, 당연히 정신건강의학과에 대한 시선 역시 좋지 않았다. '정신병원' 하면 우리가 흔히 생각하는 희고 폐쇄된 병동과 이상행동을 보이는 환자들을 떠올리곤 하셨으니까. 청소년들은 정신건강의학과에 가서 약을 처방받으려면 법적 보호자의 동의가 필요한데, 우울증으로 자퇴한다는 것부터 부정적으로 여겼던 부모님이 이를 허락해줄 리 없었다.

상담 역시 마찬가지였다. 중학교 때 나는 종종 위클래스에 상담을 받으러 갔었는데, 수업 시간을 빠지고 상담을 받는 데다가 고민을 가족이 아닌 다른 사람에게 털어놓는다는 점이 탐탁지 않았다. 그러니 주변에는 내가 상담을 받는다는 사실을 자연스레 숨기게 되었다. 나는 이미 수십 차례의 상담을 받고 여러 명의 선생님을 만났는데도 말이다. 심지어 현재도 상담을 받고 있고, 성인이 된 후 약물 치료까지 받고 있지만, 우리 가족은 이 사실을 알지 못한다.

우울증을 앓고 있는 건 결코 부끄러운 사실이 아니고, 치료를 받으며 더 나아지려고 노력하는 건 좋은 일인데도 우리 사회의 인식은 우울증을 앓는 사람들을 그늘로 몰아넣는다. 치료를 받는 게 이상한 일이라는, 오래전부터 사람들에게 박힌 인식은 쉽게 바뀌지 않는다. 그러니 이를 부정적으로 여기는 사람들 앞에서는 나의 상태를 설명하지 못하고 숨기게 된다.

억지로 괜찮은 척해야 하고, 억지로 웃다 보면 점점 내가 힘들어하고 있다는 사실도 인지하지 못한 채 무너지기 마련이다. 우리는 아픔과 고통을 숨기지 말고 어딘가에 털어놓아야 한다. 그렇지 않으면 마음이 썩어 곪아 갈 테니까.

언젠가 이야기를 털어놓다가, 상담 선생님께 울면서 말한 적이 있다. 이런 내 부정적인 감정과 불만을 늘어놓으면, 선생님께 이러한 감정이 전이될까 봐 무섭다고. 선생님을 감정 쓰레기통으로 대하는 느낌이라 너무 죄송하고, 나를 못난 사람으로 볼까 봐 너무 걱정된다고. 처음 한두 번은 괜찮아도, 상담을 진행할수록 나아지는 모습은 없고 불평만 털어놓는 내가 한심해 보였다.

그리고 반대로 이런 나를 계속 응원해주는 선생님께 죄송했다. 하소연을 하고 나면 마음이 후련해지는 것 같으면서도, 한편으로는 나의 불안을 남에게 떠넘겼다는 생각이 들어 마음이 좋지 않았다.

하지만 선생님은 단호하게 고개를 저으며 아니라고 대답하셨다. 결코 감정 쓰레기통이 아니라, 사람 대 사람으로서 내 이야기를 듣고 공감하기 위해 본인이 이 자리에 있는 거라고 하셨다. 그리고 오히려 솔직한 내 감정을 이야기해야 문제의 원인을 파악할 수 있으며 더 친밀한 관계로 나아갈 수 있는 거라고 하셨다. 앞으로도 그런 걱정은 하지 말고 솔직한 마음을 털어놓아도 괜찮다고 나를 다독이셨다. 나는 남의 이야기에 잘 공감하고 이해하는 나머지, 때로는 부정적인 감정을 옮을 때도 있기에 그런 걱정을 했던 것 같다.

그렇게 내 본모습을 들여다볼 용기가 생기니, 신기하게도 마음이 가벼워졌다. 아직 갈 길은 멀어 보였지만 이 상황을 이겨낼 수 있으리라는 마음이 들었다. 빠르지는 않아도 천천히, 나는 조금씩 나아지고 있었다.

변화를 위한 한 걸음

누구든지 변화하기 위해서는 시도해야 하고, 시도는 곧 주체적인 행동으로 이어져야 한다. 주기적인 상담과 약물 치료를 통해 나아지고 있다는 걸 자각해도, 더 이상 우울증에 시달리지 않기 위해서는 변화를 추구해야 한다.

상담을 끝내고 나서도 매일 집에만 있거나 활동성 없는 여가생활만을 이어간다면 우물 안 개구리처럼 발전하지 못할 것이다. 세상 밖으로 나와 자연을 만끽하고, 하고 싶은 일을 새롭게 도전하다 보면 안정적인 일상을 이어나가면서도 우울에서 벗어날 줄 아는, 현재와는 다른 삶을 찾는 데 도움이 된다.

앞서 말했던 것처럼 나는 생활습관을 고치기 위해 강제로 약속을 잡거나 스케줄을 만들어 활동했다. 검정고시 한 달 전에는 독서실에서 하루를 보내며 이를 악물고 버텼다. 그렇게 2018년도까지는 검정고시 공부만을 목표로 달려왔는데, 막상 8월 검정고시를 마치고 나니 스케줄이 사라져 또 놀고먹는 게으른 나날이 시작되었다. 기껏 상담과 일상생활을 유지하며 정신 건강을 회복하고 있었는데, 여기서 다시 원 상태로 복귀하면 애써 가꿔온 생활이 무너질 게 분명했다.

검정고시가 끝났다고 해서 학교 밖 청소년생활 역시 끝나는 건 아니다. 대학 입학이나 취업을 택하기까진 아직 시간과 기회가 많이 남았으니, 성인이 되기 전 하고 싶은 일을 찾아서 새로운 시도를 해보기로 마음먹었다.

그렇게 열여덟 살의 가을부터 집 밖을 나와 다양한 활동을 시작했다. 나만의 책 만들기부터 영상 제작 프로그램, 청소년 인턴 프로그램 등 관심 분야에 있어 내가 할 수 있는 각종 일을 찾아다니고 시도했다. 그 과정에서 좋은 기회가 찾아오기도 했으며 돈도 벌고 즐거움도 쌓는 시간들을 보낼 수 있었다.

바쁘게 산다는 건 할 일이 많아 힘들다는 의미도 있지만, 그만큼 시간을 의미 있고 보람차게 보낸다는 뜻도 된다. 열여덟 살을 넘기고 찾아온 2019년, 열아홉 살의 나는 무척이나 바쁜 나날들을 보냈으나 그만큼 살아가는 데 있어 행복을 느꼈다. 그 이전까지는 조용하고 어두운 밤이 되면 무기력함과 부정적인 생각에 빠져 지냈는데, 바쁘게 일하고 활동하며 지내다 보니 그런 상념에 잠길 시간도 없었다.

인턴 프로그램 참가를 위해 근로지에서의 일과를 마치고 퇴근하던 어느 날, 문득 '행복하다. 내일이 기대된다'라는 생각이 들었다. 이전까지는 행복하다거나 앞으로도 살아가고 싶다는, 당연하지만 당연하지 않은 생각들을 해본 적이 없었다. 우울한 생각에 잠기지만 않으면 다행인 날들이었고 무기력함에 먹고 씻는 일마저 귀찮아 잠에 깨서도 몇 시간 동안 누워 휴대폰만 하는 경우도 허다했다.

그랬던 내가 등교하듯 아침 일찍 일어나 나갈 채비를 하고 버스를 타고 출근을 하다니. 직장 상사인 어른들과 만나 인사를 나누고 대화를 하며 주어진 일거리를 마치고, 남는 자유 시간에는 계약한 글을 쓰며 집에 돌아와 가족들과 함께 저녁을 먹고 못다 한 이야기를 나누는 삶. 내일을 준비하기 위해 일찍 잠자리에 들며 다음 날 할 일을 생각하고 잠드는 일상이 평화롭고 안정적이라는 걸 느꼈다. 그리고 생각했다. 앞으로도 이런 나날들이 계속 이어지면 좋겠다고.

상담을 받은 지 1년이 다 되어갈 즈음, 내 상태가 좋아졌다는 걸 느낀 청소년동반자 선생님은 이제 슬슬 상담을 마무리해도 괜찮을 것 같다며 종결을 알렸다. 그 후 한 달에 한 번씩 연락을 주고받는 등의 사후관리가 이어졌다. 실제로 상담을 끝마친 내 상태는 자퇴를 막 했던 직후, 그 이전과는 비교할 수 없을 만큼 달라져 있었다.

긍정적인 마음과 행복감을 느끼니, 금세 주변 사람들도 역시 내가 달라졌음을 알아차렸다. 가족들과 친교를 쌓을 시간이 많아지면서 관계가 회복되고, 친구들과는 미래를 계획하면서 연대감을 쌓아갈 수 있었다. 새로운 사람들을 만나 새로운 것들을 배우는 시간도 얻게 되었다. 더 나아질 수 있다, 괜찮아질 거라는 믿음은 곧 현실이 되어 내 자존감을 높여주고 자신감을 높여주는 계기가 되었다.

또, 나에게 작가로서의 직업정신을 갖게 해준 작품 계약의 기회 역시 좋은 시기에 다가왔다. 혼자서 글을 쓰기만 하고 제대로 평가받을 기회나 실력을 선보일 자리가 없었다면, 작가로서의 재능이 없다고 생각해 좌절했을지도 모른다.

하지만 내가 꾸준히 노력하고 주변에 글을 쓰는 사실을 어필하자, 노력을 알아봐 준 사람들이 기회를 주었다. 그 기회를 시작으로 작품을 정식 출판하며 작가로 거듭날 수 있었다. 단순히 책을 한 권 내고 마는 작가가 아니라, 앞으로도 다양한 활동을 하며 내 이름을 알리고 싶다는 명예욕이 들끓었다.

주저앉은 사람이 다시 일어나는 데에는 휴식과 안정도 필요하지만, 목표를 향해 달리기 위한 의욕도 필요한 것 같다. 작고 사소한 활동들부터 해나가며 성취감을 얻으니 더 큰 활동도 해낼 수 있을 거라는 자신감과 함께 나에 대한 자부심이 생겼다.

그래서 청주를 벗어나 서울까지, 단기적인 프로젝트에서 장기적인 팀 활동까지 다양한 활동을 시도하고 도전할 수 있었던 것 같다. 이는 지금도 마찬가지다. 당시 아무것도 없던 내가 의지를 갖고 다양한 일에 도전하지 않았더라면 작가라는 직업을 갖지도, 여러 기회를 얻지도 못했을 테니까.

건강하고 긍정적인 나로 돌아가기 위해 걷는 과정은 짧지 않았지만, 그 끝에는 분명히 성공이라는 이름이 있었다. 어느새 뒤를 돌아보니 내가 걸어온 수많은 발자취가 보였다. 비로소 나는 뿌듯함과 행복감에 매료되어 뜀박질을 시작할 수 있었다. 내 인생을 바꿔놓은 큰 선택인 자퇴와 나의 본심을 돌아볼 수 있었던 상담을 통해 성장의 전환점을 밟은 셈이었다.

그렇게 나는 바쁘고 활기찬 마지막 십 대의 시간을 마치고 성인의 길로 들어섰다. 스무 살이 되던 2020년 1월 1일 자정, 나는 친구들과 함께 새해 축하를 외치며 음식점에서 술을 주문했다. 앞으로 들이닥칠 수많은 미래는 생각하지 않은 채 친구들과 성인의 기쁨을, 젊음을 즐겼다. 미래에 대한 불안 대신 현재를 만끽했다. 행복은 멀리 있지 않고 희망은 언제나 내 곁에 있었으므로, 앞으로도 잘할 수 있을 거라고 생각했다. 안주와 함께 넘긴 술 한 잔이 씁쓸하면서도 달콤했다.

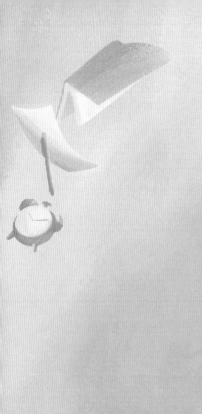

나의 장례식은

—— ✦ ✦ ✦ ——

　남들도 그러는진 모르겠는데, 나는 내가 죽는 생각을 많이 한다. 어떻게, 어떤 방식으로 죽을 건지를 생각한다기보단 죽음을 준비하는 방법과 장례식에 대해 몇 번이고 되풀이해서 생각하는 악취미적인 습관이 있다.

　만일 죽게 된다면 일찍이 작업했던 모든 글과 책을 정리해서 남기고 싶은 것만 남기고, 나머지는 친구들에게 모두 태워달라고 부탁하고 싶다. 간혹 예술가들이 태우거나 없애달라고 부탁한 작품들이 친구들의 손에 남아 먼 훗날 유작으로 기록되는 경우가 있는데, 예술가인 입장으로서 원치 않는다. 세상에 드러내기 부끄럽고 실력이 부족한 결과물이 타인의 손에서 공개된다니, 이미 죽었음에도 수치심으로 두 번 죽을 게 분명하다.

　살아가기 위해 악착같이 모아두었던 돈은 죽을 때가 되면 장례 비용 그 이상, 이하도 되지 못할 것이다. 실제로 사람이 죽으면 장례 비용이 참 많이 들어간다고들 한다. 단순히 죽은 사람을 관에 넣고 장례식장을 빌리는 것만이 전부가 아니기 때문이다. 내 시신을 태우거나 관에 넣고 죽을 자리까지 돈을 주고 사야 하는 이 세상. 사실은 살아가기 위해 돈을 모으는 게 아니라 편안하게 죽기 위해 돈을 모으는 게 아닐까 하는 생각마저 들 정도다.

우울증이 한창이었던 십 대 시절에는 잠자리에 누울 때마다 죽는 생각을 했다. 내가 죽을 때도 있었고 가족이 죽을 때도 있었다. 불안감과 우울감으로 쉽사리 잠이 오지 않을 때마다 부정적인 망상에 끊임없이 빠져들었고, 소리 없는 눈물을 흘리며 겨우 잠드는 날의 연속이었다.

죽는 걸 두려워하면서도 꿈속에서는 내가 죽기를 바랐던 건 어떤 심정 때문이었을까? 남겨진 자들이 나의 빈자리를 느끼길 바랐거나, 모든 일이 후련하게 정리되길 바란 걸지도 모른다. 죽는다고 해서 모든 게 한 번에 끝나는 건 아니지만, 적어도 나는 세상을 이미 떠난 뒤니까.

몇 년 전부터 꾸준히 생각해와서 그런지 장례식에 대한 계획은 제법 상세하게 짜여있다. 죽을 날을 알고 죽을 수 있다면 통장 잔고를 모두 정리하고 업무, 작품 활동, 현재 진행 중인 모든 일들을 빨리 마무리 짓거나 중단하는 게 우선이다. 그다음에는 장례식장과 수목장 방법을 미리 선택하고 결제를 마친 뒤, 마지막으로 가족들과 아주 친한 친구와 지인들에게만 죽음을 알리고 유언을 남길 것이다. 여차하면 유산이 될 돈도 조금씩 나눠주고.

내가 멋대로 죽어버린 뒤 뒷수습을 하는 사람들의 노고를 생각하면 조금이라도 준비해놓아야지 그 수고가 덜하지 않겠는가. 이제껏 사는 동안 장례식에 자주 가보진 않았지만, 친척이 죽어 삼 일 내내 식장에서 지내며 발인까지 함께했던 기억이 있기에 유족들의 피로가 얼마나 큰지는 말하지 않아도 짐작이 간다.

태어나서 사는 것도 내 마음대로 못 하는데 죽는 것까지 나의 의지와 선택대로 하지 못하면 얼마나 억울할까? 고지식하게 고인의 사진 위에 촌스러운 국화꽃과 향을 올려놓고 탕, 국, 나물을 올려 제사를 지내는 것도 하기 싫다. 내 장례식에 오는 사람들은 예쁜 꽃을 한 송이씩 사서 꽃병에 정성스레 꽂아주면 좋겠다. 거추장스러운 향 같은 건 치우고 생전 내가 쓴 책을 자랑스럽게 올려놓고, 줘도 안 먹을 나물 대신 제일 좋아하는 카레라이스나 한 대접 올려줬으면.

사흘 내내 조문객들에게 육개장만 먹이는 것도 질린다.

죽는 날 마지막으로 크게 대접한다는 생각으로 장례식장에 뷔페를 차려주고 싶다. 슬퍼하는 대신 양껏 먹고 돌아가라고. 먹을 게 다양해야 나도 새벽에 혼령으로 와서 뭐라도 한 접시 먹고 가지 않겠는가. 반쯤 농담 같지만 진심이기도 하다.

그리고 마지막 날에 화장을 한 후, 내가 사랑하는 반려 고양이 라따와 함께 예쁜 묘목 밑에 잠들어 죽은 뒤에도 내 쓸모를 다하는 사람이 되고 싶다. 내가 죽을 즈음이면 라따는 이미 고양이별에 가 있을 테니까.

죽음에 초점을 두었던 십 대 시절과는 달리, 요즘 나는 생을 정리한다는 느낌으로 장례식을 생각한다. 감사하게도 문제없이 장례를 치를 정도의 돈은 모아놓았으니 가족이 부담을 질 일도 없을 것이다. 장례식장 뷔페의 가격은 알아볼 필요가 있겠으나 수목장을 하는 데 개인목은 500만 원 정도 든다고 하니 그 정도는 감안하려고 한다. 나무는 어떤 걸 쓸까 고민해봤는데, 소나무로 하려고 한다. 내겐 나름대로 뜻 깊은 묘목인 데다 소나무의 한결같음이 마음에 들어서다.

어쩌면 유작이 될 수 있는 이 책에 내가 꿈꾸는 장례식을 설명해두었으니, 책을 읽은 누군가는 이 글을 내 가족들에

게 전해주지 않을까 기대해본다. 지금 죽겠다는 생각은 없
으나 사람의 앞날이 어떻게 될지는 아무도 모르는 일이니
까.

3부

재발이라는 이름, 만성우울

쉬는 게 쉬는 것 같지 않았고,

안도감이나 만족감이 전혀 느껴지지 않았다.

다 나은 줄 알았는데요

그러나 2020년 성인이 되자마자 전 세계에는 코로나19 바이러스의 발생으로 비상등이 켜졌다. 새해 첫날 친구들과 술을 마시며 놀고먹기가 무섭게, 겨울방학에 예정되어있던 서울 여행은 무기한 연기가 되고 우리는 바이러스의 감염을 피해 집 안에만 있어야 했다. 3월로 예정되어있던 대학교 입학과 동생들의 등교 역시 밀렸고 불가피하게 외출을 해야 한다면 반드시 마스크를 착용하고 외출해야 하는 일상의 변화가 시작되었다.

처음 코로나19 바이러스가 터졌을 때, 나는 에볼라 바이러스나 메르스 바이러스처럼 처음에만 떠들썩하다가 점차 가라앉으리라고 생각했다. 게다가 나는 천성이 집순이였기 때문에, 친구들을 만나러 가지 못한다는 아쉬움 외에는 집에서 먹고 자고 생활하는 삶에 만족스러워했다. 다른 사람들도 커피를 200번 넘게 젓는 달고나 커피를 만든다든지, 우유떡을 만든다든지 하는 새로운 시도를 하며 칩거생활에 적응하는 모습들을 보였다.

그러나 금방 끝날 것 같았던 코로나19는 쉽사리 잠잠해지지 않고 오히려 전국 각지에서 집단 감염이 퍼지는 등 불안정한 모습을 보였다. 수업은 전부 비대면으로 대체 되었고 하는 수 없이 출근하거나 외출해야 하는 사람들은 마스크를 쓰지 않으면 대중교통을 이용하지 못하거나 건물에 들어가지 못했다.

그때까지만 해도 나는 별생각이 없었다. 오히려 비대면으로 진행하는 수업이 나에게 잘 맞았고, 컴퓨터로 공부와 원고 마감을 모두 해내는 재택근무자로서의 삶이 마음에 들었다. 그래서일까? 다른 사람들이 코로나 블루라고 말하는 우울감을 느낄 때까지만 해도 내게는 큰 변화가 없었다.

조금은 게으르지만 평화로운 나날이 이어지고 있었다.

열아홉 살 때처럼 바쁜 삶을 보내지는 않았으나 이런 여유로움도 괜찮다고 느꼈다. 하지만 바깥으로 나갈 일이 거의 없고 자주 만났던 친구들과도 메신저로만 소통하다 보니 점점 외로워졌다. 방역수칙과 외출 자제라는 규칙을 지켜야겠다는 생각에, 꼭 외출해야 할 일이 아니라면 집 안에 있었다.

그렇게 거의 5개월을 보낸 것 같다. 사회적 거리 두기 단계가 내려가면서 친구들과 몇 달 만에 직접 얼굴을 마주했지만, 그마저도 다시 코로나19 확산세가 증가하면서 어려워졌다.

사이버대학생활 역시 시험 기간이 다가오면서 버거워졌다. 많아진 과제와 아무것도 모른 채 준비해야 하는 시험공부는 생각보다 막막했다. 그래서인지, 나는 1학년 1학기 성적이 전체 학기를 통틀어 가장 낮다. 다사다난한 1학기를 보내고 나서 든 생각은 '이렇게 살면 안 되겠다'였다. 좀 더 부지런히, 더 열심히 살지 않으면 스무 살을 이도 저도 못하고 헛되게 낭비할 거란 생각이 들었다.

그래서 황급히 새 작품을 썼다. 그 당시 코로나19로 인해 계약한 작품도 출간이 밀려 겨우 2020년 하반기가 되기 전 세상에 빛을 볼 수 있었다. 작가로서의 공백 기간을 늘리지 말고 당장 뭐라도 써서 활동을 이어가야겠다는 조급한 마음이 나를 재촉했다. 새로운 작품을 출판사와 계약하고, 여름 방학이 끝난 2학기부터는 더 열심히 살아야겠다는 마음을 먹었다.

비대면 수업도 이전보다 더 열심히 듣고 학교에서 진행하는 비교과 프로그램이나 장학금을 얻을 수 있는 활동에도 참여했다. 마침 2020년 하반기에는 내 첫 에세이인 『내가 학교 밖에서 떡볶이를 먹는 이유』가 좋은 평가를 받게 되어 강연이나 출연 제의 등 여러 문의가 들어왔고, 그 덕에 작가 활동을 활발하게 이어갈 수 있었다. 그러면서 동시에 새롭게 계약한 웹소설 집필에도 열을 올렸다. 당연히 한가했던 상반기보다 바빠질 수밖에 없었다.

나는 열심히 사는 게 곧잘 사는 일이라고 믿었고, 일찍이 노력해야 나중에 더 많은 기회를 얻고 행복하게 살 수 있다고 생각했다. 어느 정도는 맞는 말이다. 기회는 노력하고 준비된 사람에게 다가오지, 아무것도 하지 않은 채 돈과 명예를 바란다고 생기진 않을 테니. 실제로 바쁘긴 했지만 제법 할 만했다. 원고 마감이 막바지에 다다라 밤을 새우고 급하게 마감하는 일은 더 이상 하지 말아야겠다는 후회를 반복하긴 했지만 말이다.

하지만 모두가 알다시피, 처음에는 큰 문제가 없어 보여도 문제를 해결하지 않고 내버려두면 나중에는 걷잡을 수 없이 커지기 마련이다. 저녁 늦게까지 강의를 듣고 과제를 마친 뒤, 밤까지 원고를 마감하면서 힘들다는 생각은 들었지만 견뎌야 한다는 의지로 이 악물고 버틴 날들이 끝나지 않고 이어지면서 나도 모르게 지쳐갔다.

더군다나 2021년이 되면서 '위드 코로나'라는 말이 유행하기 시작했다. 1년 넘게 이어진 코로나19 바이러스가 잠잠해질 것 같지 않으니, 바이러스와 함께 살아가며 일상생활을 회복해야 한다는 것이었다.

감염이 무서워 집 안에만 있었던 2020년과는 달리, 2021년은 모두가 마스크를 쓰고 바깥생활을 시작했다. 나 역시 마찬가지였다. 국가 근로를 시작하면서 학교에 처음으로 발을 디뎠고 다양한 단체 활동을 이어나가며 사람들을 만나는 일이 잦아졌다.

2021년 3월, 많은 일이 새롭게 시작하는 달. 나는 대학교 2학년이 되면서 익숙해진 비대면 수업을 듣게 되었다. 그사이 근로 출근도 하고 세 번째 웹소설 작품을 계약했다. 장기

봉사 활동부터 참여위원회 대외 활동, 카드 뉴스 제작 활동까지 하루 일과만 써도 노트 반 페이지가 꽉 찰 만큼 많은 일을 떠안고 있었다.

적당한 바쁨이 아닌 과도한 업무는 오히려 사람의 의욕을 떨어뜨리고 지치게 하는 법. 일을 시작했을 때부터 내가 이것들을 전부 다 감당할 수 있을까 걱정했는데, 걱정은 현실이 되었다. 정말, 정말 힘들었다. 특히 5~6월이 되면서 바쁨은 절정에 달했고 몸이 남아나질 않았다. 매일 일찍 일어나고 늦은 밤까지 일하며 무리하다 보니 인후두 역류증이라는 고질병까지 찰싹 달라붙었다.

내 의지로 일을 그만두기에는 여기까지 달려온 게 너무 아까워서 포기할 수도 없었다. 그래서 제발 모든 게 빨리 끝나길 빌었다. 종강해라, 빨리 활동이 끝나라 하루에 몇 번을 빌었는지 모른다.

그렇게 무지막지한 삶을 살아가다 6월 말, 마침내 종강을 맞이하면서 대부분의 활동도 끝이 났다. 원고 마감과 일부 대외 활동은 여전히 과제로 남아있었지만, 그나마 숨 돌릴 틈이 생겼다. 그사이에 친구들과 1년 넘게 미루었던 여행도 다녀오면서 회복의 시간을 가졌다.

그런데 어째서일까? 쉬는 게 쉬는 것 같지 않았고, 안도감이나 만족감이 전혀 느껴지지 않았다. 마음이 텅 비어버린 듯, 어딘가 핀트가 끊긴 기분이었다. 모든 일이 무감정하게 느껴지고 재미가 없었다. 먹는 음식의 맛도 느낄 수 없었으며 잠도 잘 자지 못했다. 누군가 내 뇌를 지우개로 쓱싹쓱싹 지워버리는 것처럼 아무런 생각이 들지 않았다. 매일매일을 채찍질하며 살아가다 보니, 새로운 정신 질환이 내 뒤에 따라온 줄도 몰랐던 거다.

사실 아니었습니다

십 대일 적이나 이십 대일 적이나 항상 내 뒤를 끊임없이 따라오는 존재가 있다. 바로 조급함이다. 뭐가 그리도 불안한지 조급함은 불안감이라는 친구와 함께 내 양옆에서 쉬지 않고 달린다. 내가 힘들어서 잠시 멈추려고 하면 양팔에 들러붙어 어서 다시 달리라고 나를 재촉한다. 그러면 나는 숨 돌릴 틈도 없이 달릴 수밖에 없다. 이미 체력은 다 떨어졌고 다리는 비틀거리는데도.

나는 언제부턴가 나 자신을 계속 채찍질하고 있었다. 가난한 가정과 불안한 미래, 성공과 안정을 보장할 수 없는 장래 희망과 젊고 유능한 천재를 원하는 사회 분위기, 그리고 워낙에 걱정이 많은 내 성격까지. 이 모든 게 모여 나를 그렇게 만들었다. 일찍 성공하고 싶다는 욕망과 일찍 성과를 보여야 내가 하고 싶은 일을 하며 먹고살 수 있다는 생각에, 나는 강박적으로 글을 쓰고 일을 했다.

글을 써본 사람들이라면 알겠지만, 하루 몇 시간을 의자에 앉아있는다고 해서 글감이 나오는 게 아니다. 그렇다고 글로 먹고사는 사람이 머리에 글감이 퍼뜩 떠오를 때만 글을 쓸 수도 없는 노릇이다. 억지로라도 궁둥이를 붙이고 무슨 문장이라도 써보면서 머리를 쥐어짜야만 한다.

특히 한 편 뚝딱 쓰고 마는 엽편이나 단편이 아닌 장편이면 더욱 그렇다. 매일매일 하루에 한 편씩, 혹은 몇천 자씩을 써내야만 겨우 1년에 1, 2권을 낼 수 있으니 날마다 글을 쓰지 않으면 책이 나올 수 없는 상황이었다.

열아홉 살, 첫 계약을 시작했을 때부터 나는 두 작품을 동시에 집필해야 했다. 당시의 나는 의욕에 가득 찬 상태였고 글을 누구보다도 잘 쓰고 싶은 마음이 앞섰다. 그러나 현실적으로 하루 24시간을 전부 집필에 바칠 수는 없었다. 일상생활을 하는 시간을 제외하고도 새로이 진행하게 된 프로그램을 참가하거나 사람들을 만나는 등 외출할 시간이 생길 수밖에 없었다. 그런 부분들을 감내하고도 글을 쓸 시간은 넉넉하게 있었지만, 앞서 말했듯이 의자에 앉는다고 글이 줄줄 써지는 게 아니다. 하루에 한 줄도 못 쓰고 머리채만 붙잡고 끙끙거리는 나날도 많았다.

그런 상황에서도 나를 다그치며 밤늦게까지 컴퓨터 앞에 앉아있는 나날이 많아졌고, 어찌어찌 작품은 완성했지만, 그 대가로 몸이 망가졌다. 그 때문에 두 번째 작품을 집필하기 전까지 몇 달을 휴식했다. 사실 코로나19가 닥치면서 그 핑계로 놀았던 것도 있지만, 그렇게 헛된 2020년 상반기를 보내고 나니 불안감이 내 등을 타고 올라왔다.

휴식도 휴식 나름이지, 그 기간이 너무 길어지면 사람이 나태해질 수밖에 없다며 과연 내가 이렇게 놀고먹으며 지내는 게 맞는 걸까 하는 의문과 함께 묵혀두었던 시놉시스를 꺼내 들었다. 당장 뭐라도 쓰고 계약하면서 활동을 끊임없이 이어가야 한다는 조급함에 사로잡혔다. 그렇게 여름, 두 번째 작품을 계약했다.

첫 작품을 집필할 당시에는 학교 밖 청소년으로서 자율적으로 참가한 프로그램을 제외하면 거의 시간이 널널했기에 글에 온전히 집중할 수 있었다. 하지만 대학생이 된 지금은 아니었다. 학과 수업부터 과제, 비교과 프로그램과 스펙을 쌓기 위한 활동들을 찾아보느라 정신이 없었다. 그 와중에 고집을 부리며 원고 집필까지 하고 있으니 몸이 남아나지 않는 건 당연한 일이었다. 이전처럼 무리하지 않겠다고 다짐해놓고, 나는 또 어느새 새벽 늦게까지 컴퓨터 앞에 앉아 글을 쓰고 있었다. 다음 날 아침 일찍 수업이 있었는데도 말이다.

내 능력에 비해 무리하고 있다는 걸 알고 있었고, 주변 사람들도 하나 정도는 내려놓고 쉬라고 말했다. 대학생활을 그만둘 수는 없으니 원고를 나중에 하라는 말을 몇 번이고 들었지만 나는 포기할 수 없었다.

하루빨리, 더 많이 원고 집필을 해야 그나마 시간이 있을 때 많은 작품을 내고 수익을 얻을 수 있을 텐데 어떻게 포기할 수 있겠는가? 두 가지, 그 이상을 꾸역꾸역 해내고 나서 얻는 결과가 항상 만족스러운 것도 아니었다. 그런데도 나는 포기하지 못하고 계속해서 도전했다. 지금 생각해보면 참 미련하기도 했다.

그렇지만 어쩌랴. 조급함과 불안감이 곧 나를 움직이게

하는 원동력이자 이제껏 나를 달려오게 만든 밑거름인데.

2021년이 되었다고 상황이 달라지지는 않았다. 오히려 더 바쁜 삶을 살아갔다. 2020년에는 대외 활동과 봉사 활동을 제대로 하지 못했으니, 2학년에는 뭐라도 해야겠다는 생각에 손에 잡히는 기회들을 닥치는 대로 잡았다. 개중에는 일정이 맞지 않아 신청해놓고도 포기하게 된 기회들도 있었다. 두 번째 작품을 마무리하기가 무섭게 세 번째 작품을 빠르게 써내어 계약했고, 새로운 단체 활동과 봉사 활동 지원을 하는 등 24시간이 부족하도록 스케줄을 꽉 채웠다.

다들 몸이 바쁘면 머리로 뭔가 생각할 시간도 없다고 말한다. 정말 그랬다. 어떤 걸 생각하고 고민할 겨를도 없이, 나는 내가 벌인 일들에 치이면서 끊임없이 달리고 처리하고 해결하는 숨 가쁜 나날들을 보냈다. 수업을 듣고, 과제를 하고, 근로를 하고, 글을 쓰고, 회의를 하고, 봉사를 하고, 또다시 수업을 듣고…….

업무의 내용만 다르지 매일 같은 루틴을 도는 쳇바퀴 같은 삶이 이어졌다. 솔직히 말해 힘들어 죽을 것 같았다. 그만두고 싶은 날도 많았다. 하지만 내가 시작한 일인데, 여기까지 왔는데 어떻게 내 손으로 잡은 기회를 내 발로 차버릴 수 있는가? 그래서 이 악물고 버텼다.

그 결과는? 와우, 다시 우울증이 찾아왔다. 한동안의 깊은 휴식과 상담으로 잠들어있던 우울감을 나 스스로 깨워버린 셈이었다. 그리고 이번에는 더 진화된 형태로 찾아왔다. 아무런 생각도 들지 않고 삶의 아무런 의미와 재미도 느끼지 못하는, 그야말로 공백 상태가 되어버린 것이다.

한동안 열심히 달린 뒤 꿀 같은 휴식 기간이 찾아왔는데도, 나는 제대로 휴식을 취하지 못하고 강박적으로 할 일을 찾아 돌아다녔다. 잠을 푹 자고 맛있는 걸 먹고 아무것도 하지 않은 채 쉬어도 마음이 편치 않았다. 오히려 아무것도 하지 않으면 뭐라도 해야 할 것 같은 마음에 불안해졌다.

이 마음을 친구들이나 가족에게 토로했지만, 내가 너무 많은 일을 하다가 공백 기간이 생겨 몸이 익숙해지지 못한 거라며 가만히 있으라고 했다. 그런데 어쩌나, 삶이 이렇게 재미가 없는데 가만히 있을 수는 없을 노릇이다. 지난 시간처럼 헛되게 시간을 보내고 싶지는 않았다. 그러니까 뭐라도 해야 했다. 또 내 안의 불안감이 부릉부릉 시동을 걸고 있었다.

현실에 부딪히다 못해 추락하기

누구에게나 성공하고 싶은 마음이 있다. 목표를 위한 성취욕과 더 멋진 사람이 되고 싶은 명예욕, 흔히들 성공과 함께 따라올 거라고 생각하는 재력과 권력. 개인의 욕심은 곧 원동력이 되어 성공을 향하게도 하고, 가끔은 그 욕심으로 본인은 물론이고 남까지 망치기도 한다.

하지만 이런 욕심이 없다면 수없는 경쟁이 치러지는 사회에서 견디고 이기기란 힘들다. 현대 경쟁 사회에서 혼자서만 느긋하게 나아가기란 힘든 일이니까. 이 사회 분위기에 휩쓸려, 나 역시 남들을 제치고 성공해야겠다는 마음으로 목표를 잡았다.

이 사회에서 살아남기 위해 세상은 얼마나 많은 노력들과 능력들을 요구하는가. 남들이 다 따라가는 루트를 혼자서만 외면할 수는 없으니 그들과 비슷한 속도로 달려야 하고, 주목까지 받길 원한다면 그보다 더 빠른 속도로 앞서나가거나 자신만의 개성으로 사람들의 시선을 끌어야만 한다.

결과적으로는 성공을 위해 달리면서도 더 열심히, 더 많이 노력할 수밖에 없는 것이다. 과열된 양상 속에서도 상대적인 기준으로 가치를 평가하기 때문에, 우리는 포기하거나, 끝까지 이 악물고 달리거나 중 하나를 선택할 수밖에 없다.

나는 이미 그 현실에 맞서기 위해 남들과 똑같은 길을 가는 대신, 다른 샛길로 빠져나간 적이 있다. 스스로 개척해야만 하는 자퇴라는 선택 이후 황무지를 발로 밟아 일구며 나름대로 사람이 걸어갈 만한 길을 만들어놓았지만, 걸어가다 보니 결국 다시 남들과 같은 길을 걷고 있었다.

물론 같은 길을 걷는다고 해서 실패하거나 포기한 것은 아니었고, 모두가 가는 그 길이 어리석고 잘못된 선택이라고 할 수도 없다. 다만 가끔은 이런 생각이 들곤 한다. 내가 취업을 위해 대학 진학을 택하는 대신 학교 밖 청소년으로서 쭉 나만의 길을 갔다면 어땠을까, 학력을 쌓을 시간에 내가 하고자 하는 더 많은 활동을 할 수 있지 않았을까 하는 아쉬움이 묻어있는 생각.

사회적으로 남들과 다른 길을 걷는다는 건 곧 그들의 부정적인 시선과 불확실한 결과까지 감내해야 한다는 뜻이다. 남들의 시선은 무시할 수 있어도 앞이 보이지 않는 어두컴컴한 길을 두려워하지 않고 달릴 수 있는 사람은 많지 않다.

나 역시 마찬가지였다. 어린 날의 치기로 조금 배고프고 돈 못 벌어도 하고 싶은 일을 하겠다며 펜을 잡았다. 처음에는 글을 쓰는 게 너무 좋았고 재미있었다. 곁에서 글을 잘 쓴다고 칭찬해주고 함께해주는 사람들이 있었기에 그 응원에 힘입어 달렸다.

그러나 취미를 직업으로 삼겠다 다짐하면서부터, 어느 순간 즐거움 대신 강박감이 내 안에 자리 잡았다. 이전까진 내가 좋아하는 주제의 글을 쓰기만 했다면, 이제는 입시를 위한 글과 대회를 위한 글을 써야 했다. 이전에 내가 쓰던 방식과는 완전히 다른 글을 공부하고 연습하면서 시행착오도 많이 겪었고 만족스럽지 못한 결과물에 실망하기도 했다.

그런데도 내가 하고 싶었던 일이기에, 공부보다 훨씬 열심히 했고, 제법 괜찮은 결과도 얻었다. 무엇보다 대회 수상이나 정식 계약을 맺게 되면서 나에게도 작가로서의 재능이 있다는 사실에 자부심을 느끼게 됐다. 이제 막 첫걸음을 뗀 것이나 다름없는 초보의 자랑이지만, 처음의 작은 성공이 가져다주는 자신감과 성취감이 지금껏 이 길을 포기하지 않고 달려오게 만들어준 초석이 되어주었다.

그렇게 글을 썼고, 써오고 있고, 앞으로도 쓸 생각이지만 이런 나를 언제나 방해하는 존재가 있다. 바로 현실이다. 글로는 먹고살 수 없다는 현실, 이제는 이상만을 추구할 수 있는 나이가 아니라는 현실, 직접 업계에 부딪히면서 깨달은 현실.

그놈의 돈, 돈, 돈. 돈이 뭐라고 이렇게 평생을 돈에 매달려 살아야 하는지. 어릴 적부터 내 발목을 붙잡는 고민들은 다 다른 모습을 하고 있었지만, 사실 전부 돈이라는 이름을 갖고 있었다. 그러니까 결국, 돈이 없기 때문에 현실에서 원하는 일을 하지 못하고 행복하게 살아가지 못하고 있는 거디.

누구나 한 번쯤은 살아가면서 돈 때문에 무언가를 포기

하거나, 힘들어한 경험이 있을 터다. 혹은 지금도 계속 시달리고 있거나. 결국 모든 고민은 내가 돈이 많아져야 해결된다 생각했기 때문에, 아무리 고민이 많아도 누군가에게 털어놓고 해결책을 강구할 수가 없었다. 당장 그 사람이 나에게 고민하지 않아도 될 만큼 많은 돈을 줄 수 있는 것도 아닌데 어쩌랴.

가난 때문에 힘들었던 과거를 풀어놓아도 사람마다 느끼는 감상은 다르기에 "힘들었겠다" 하고 위로해주는 사람도 있고 "너보다 힘들게 산 사람도 많아"라며 나를 다그치는 사람도 있기 마련인데, 내가 돈이 없다며 불평한다고 해서 현실이 달라질까?

답은 'NO'였다. 그래서 불평불만을 늘어놓는 대신 내 고민을 스스로 해결하기 위해 행동해야겠다고 마음먹었다. 글만 쓰다 굶고, 남들에게 외면받는 삶은 살고 싶지 않았다. 그렇다고 내 인생에서 가장 중요한 글을 포기하고 살고 싶지도 않았다. 현실과 이상, 두 마리 토끼를 모두 잡진 못해도 덫은 놓을 수 있는 방도를 택해야 했다.

그래서 나는 대학 진학을 했다. 원래 희망했던 문예창작과가 아니라 사회복지학과로. 청소년 분야에 원래 관심이 있기도 했지만 사실 취업을 위해 이 길을 택했다는 게 더 맞는 표현이다. 그래도 앞으로 내가 쓰고 싶은 글을 위해 사회복지를 공부하면 많은 도움이 될 것 같았고, 실제로 내 예상은 틀리지 않았다. 관심 있는 분야를 공부하면서 얻은 게 많았기 때문이다.

이십 대의 나는 현실에 맞서 싸우는 대신 서로가 윈윈(WIN-WIN) 할 수 있는 평화 협정을 택했다. 공부도 포기하지 않고 글도 포기하지 않는 대신 체력과 시간을 대가로 바쳤다. 정신없이 바빴고 몸이 갈리는 건 당연한 일이었다. 그러지 않으면 두 마리 토끼를 잡기는커녕 어느 하나도 제대로 하지 못할 테니까. 그러니까 남들보다 더 많이, 더 열심히 해야 한다는 마음가짐으로 달렸다. 더 잘 살아보고자 노력했던 결과가 이런 식으로 내게 엿을 줄지는 몰랐지만.

나, 정말 잘하고 있는 걸까?

"그래도 그 나이에 이렇게 열심히 사는 게 대단하다."

"너 정도면 잘살고 있는 거 아니야? 책도 내고 강연도 하잖아."

남들에게 내 이야기를 하거나 한탄을 하면 꼭 듣는 소리다. 이제 이십 대 초반인 나이에 자신만의 꿈을 이루었고 현직 작가로 활동하고 있는 사람들은 흔치 않으니까. 대개는 이른 나이에 하고 싶은 일을 하고 있고 스스로 길을 만든 나를 칭찬하기 위한 말들이지만, 가끔은 그 말들이 네가 너무 욕심을 부리거나 조급하게 구는 게 아니냐는 핀잔으로 들릴 때도 있다.

사실 맞는 말이다. 고맙게 받아들일 칭찬이고, 한편으로는 현실적인 지적이기도 하다. 그런데도 나는 왜 만족하지 못하고 계속 더 나아가려고 하는 걸까?

이만하면 됐다는 만족감이 아니라 더 잘해야 한다, 더 멋진 사람이 되고 싶다는 욕망이 곧 압박감이 되어 내 등을 짓누르고 있는 기분이다. 등을 꾹꾹 밀어주니까 앞으로 나아갈 때는 도움이 되지만, 쉬고 싶을 때도 쉬지 못하고 떠밀려 나아가야 해서 결국 주저앉을 수밖에 없다. 심지어 주저앉았다고 포기해버리는 게 아니라, 다시 이를 악물고 일어나서 어떻게든 달리려고 한다. 다리가 부러져봐야 정신을 차릴 건가 싶을 정도다.

생각해보면 나는 어릴 적부터 욕심이 무척 많았다. 다른 친구들보다 조금 더 영리하고 좋은 성적을 받았다는 이유로 상을 받고 칭찬을 받는 게 좋았다. 초등학교에 다닐 적에는 받아쓰기 시험을 봤는데, 100점을 받아오면 엄마가 칭찬해주는 것이 좋아 일부러 틀린 것도 맞은 척 색연필로 100점을 적는 어리석은 짓을 하기도 했다. 나중에는 양심에 못

이겨 쭈뼛쭈뼛 엄마에게 진실을 고했지만 말이다. 당연하게도, 엄마는 내가 일부러 점수를 고쳤다는 걸 알고 있었다.

나는 가지고 싶은 것도 많고 하고 싶은 것도 많았다. 방과후 프로그램을 서너 개, 방학 때는 대여섯 개씩 했고 좋은 성적을 받으면 이걸 해달라, 저걸 해달라 조르기도 했다. 어언 5년 동안 바둑 학원에 다닐 적에는 대국에서 이기지 못하면 분한 나머지 집에 와 속상함을 토로하는 날도 많았다. 남들보다 조금 일찍 찾아온 고학년의 사춘기 때는 어른들과 기싸움을 하는 등 철없는 아이이기도 했다.

그런 면모는 중학교에 입학하면서 많이 나아졌지만, 칭찬받고 싶고 더 잘나고 싶은 욕심은 계속해서 내 안에 자리 잡고 있었다. 다만 그 욕심이 본격적으로 글을 쓰는 데 재미를 들이면서 글에 전부 옮겨간 것뿐이다. 그 당시에는 욕심을 성취감으로 풀어내면서 나를 발전시키는 연료로 사용하고 있었다. 글쓰기 외에도 연극, 상담, 학생으로서 빼먹을 수 없는 공부와 취미 활동도 전부 놓치지 않으려고 노력했다.

이렇게 적고 보니 어릴 적에도 꽤 많은 일을 하면서 살았던 것 같은데, 그 당시에는 미래를 고민하면서 살았던 건 아니었기에 하는 일들에 집중할 수 있었다. 물론 그렇다고 매일 행복하지는 않았다. 내가 하겠다고 한 일이지만 일이 잘 풀리지 않아 스트레스를 받고 이를 남에게 하소연한 날도 많았으니까.

이런 이야기를 꺼낸 이유는 내가 원래부터 욕심이 많은 사람이라는 걸 알리기 위해서다. 정확히 왜 이런 사람이 되었는지는 나의 유년 시절과 가정환경, 부모의 양육 방식을 관찰해가며 원인을 찾아야겠지만 이 책은 심리 학술서가 아니기 때문에 이 부분은 생략하겠다. 아무튼 남들은 '이만하면 됐다'고 만족할 때 나는 만족하지 못하는 이유는 스스로에 대한 기대치가 높기 때문도 있을 것이다. 한마디로 나 자신을 과대평가한 것이다.

그래도 중학생 때까지는 이 욕심이 제법 긍정적인 방향으로 나를 성장시켰는데, 나이를 먹고 점차 현실을 깨닫게 되면서 서서히 나를 갉아먹기 시작한 것 같다. 더 잘하고 싶은데, 더 잘해야 하는데 마음처럼 따라주지 않는 몸과 결과가 원망스러웠다. 더불어 이전과는 비교할 수 없는 일의 강도도 견디기 힘들었다. 하루는 24시간밖에 없고 내 몸은 하나뿐인데 이 많은 일을 다 감당하려 하니 도저히 힘이 나질 않았다.

십 대일 적 나는 그로 인해 상실감과 절망감을 느꼈었다. 모든 게 하기 싫고 괴롭다는 생각에 극단적인 선택을 하고 싶어 했다. 특히 감정이 북받치고 예민해지는 시기이면서, 내가 내 일을 자유롭게 결정하지 못하는 청소년이었기에 더욱더 그랬던 것 같다.

그러나 이십 대의 나는 조금 달랐다. 우울감이 찾아왔을 때 이미 한 번 이겨내 본 일이었기에 조금 더 현명하고 성숙하게 내 감정을 다스릴 수 있었다. 이전처럼 극단적으로 생각하거나 가시를 세우며 남을 대하지 않았다.

다만, 상실 대신 내가 느낀 감정은 포기였다. 어차피 스스로의 힘으로는 해결하지 못할 일이라고 생각했기 때문이다. 당장 내가 노력한다고 해서 가난이나 미래에 대한 불안감이 사라지는 것도 아니고, 태어났을 때부터 경제적으로 부족할 것 없이 풍족했거나 혹은 그것을 대체할 만큼 뛰어난 재능을 가진 사람들과 겨룬다고 해도 이길 가망이 없는데 대체 왜 이렇게 열심히 살아야 하지?

어느 누구도 답을 줄 수 없는 질문이었다. 모든 노력이 헛되게 느껴지고 의욕이 사라졌다. 벌여놓은 일들을 여기서 포기할 수는 없으니 어찌어찌 해내고 있으나, 아무런 감흥도 느껴지지 않았다.

불행 중 다행은 내 상태가 정상적이지 않다는 걸 일찍 깨달았다는 점이었다. 과거에 우울감을 치료하지 않고 계속 갖고 왔다면 '나는 원래 이런 사람이니까' 하며 부정적인 내 모습이 본모습이라고 수긍했을 테지만, 내가 원래 이런 사람이 아니라는 사실을 이제는 알고 있기에 빨리 이 우울증을 치료해야겠다는 마음이 들었다.

이제는 더 미룰 수 없다

그렇지만 내 상태를 자각했다고 해서 곧장 치료를 받기 위해 무언가를 할 여유는 없었다. 당장 상담을 받자니 공부와 근로 때문에 시간이 나질 않았고, 정신건강의학과에 가서 약을 먹는 데에는 여전히 두려움이 앞섰다. 약은 부작용도 많고, 실제로 주변에 약을 먹는 지인들이 잠이 많아지거나 오히려 불면증을 겪는 경우가 있었기에 수면 시간에 많은 영향을 받는 나로서는 약 때문에 일상생활이 무너지는 일은 극구 사양하고 싶었다.

또, 돈 문제도 있었다. 엄청나게 큰돈이 드는 건 아니어도,

병원은 장기적으로 가야 하니까 그만큼 들여야 하는 비용도 점차 쌓인다는 게 부담스러웠다.

그렇지만 때때로 빨리 치료를 하지 않으면 안 되겠다고 느끼는 때가 있었다. 머릿속에 생각이 너무 많아서 터져버린 듯 아무런 감정도 느껴지지 않거나, 사소한 일에도 과하게 짜증이나 화를 내는 등 감정이 폭발하는 순간 내가 정상적으로 사고하지 못한다는 걸 자각했다.

그러나 자각한다고 해서 내가 제어할 수 있는 일들이 아니었다. 당장 이 감정을 풀어내기 위해 누군가를 만나 대화할 수도, 약을 먹을 수도 없으니 스스로 화를 삭이기 위해 가만히 있거나 잠을 자는 식으로 나를 진정시키려고 했다.

그렇게 바쁜 상반기가 지나고 여름방학이 찾아왔을 때도, 나는 근로와 마감을 병행하느라 정신없었다. 사람들과 소통하는 과정에서도 알게 모르게 스트레스를 받았고 아침마다 일찍 일어나는 것에도, 글을 쓰기 위한 창작의 과정에서도…… 일상의 모든 것에서 짜증을 느꼈다.

비슷한 시기에 친한 친구들도 각자의 고민을 품고 있었기 때문에, 우리는 서로의 심리적인 문제나 각자의 문제를 매일 토로했다. 그 과정에서 종종 서로의 신경이 예민해져

사소하게 말다툼을 하는 일도 있었다. 가장 가까이에서 내 상태를 주시해주는 사람이 있어서 그런지는 몰라도, 덕분에 더 빨리 치료를 받아야겠다고 생각했다.

처음에는 상담부터 다시 시작해야겠다고 생각했다. 그런데 이제 대학생이 되었으니 기존에 상담을 받았던 청소년상담복지센터에 찾아가는 건 좀 그렇고, 나와 오랫동안 함께해주셨던 청소년동반자 선생님도 은퇴하셨기 때문에 연락해 부담을 드리고 싶지 않았다.

지역에 있는 정신건강복지센터에 연락하는 게 좋을까 고민하던 와중에, 학교에 있는 학생상담센터에 가기로 마음먹었다. 일부 학교 소속 상담사는 상담에 큰 신경을 쓰지 않는다는 편견이 있어 조금 의심이 들었지만, 의심은 의심일 뿐이었다.

처음에는 심리 검사지를 작성하며 내 심리상태를 파악했고, 그 이후 검사지를 해석하면서 개인 상담의 필요성을 느꼈다. 처음에는 격주에 한 번씩 개인 상담을 진행하기로 했다.

당연히 첫 상담 때는 나도 상담 선생님을 모르고, 선생님도 나를 모르기 때문에 서로를 알아가며 라포 형성을 할 시간이 필요했다. 이미 여러 번 상담을 진행한 경험이 있어 마음을 열고 내 이야기를 솔직하게 털어놓는 일은 어렵지 않았다. 새롭게 만난 상담 선생님도 좋은 분이시어 내 마음을 잘 공감해주시고 내가 미처 자각하지 못한 부분까지도 파고들어 능숙하게 상담을 진행해주셨다.

그런데 한편으로는, 내 상태가 단순히 상담만으로는 좋아질 것 같지 않다고 느꼈다. 상담을 통해 효과를 느끼지 않았다는 뜻은 아니다. 다만 지금의 상태를 완벽하게 치료하기에는 내 감정과 생각을 제어하고 정리할 수 있는 약물 치료가 필요하다는 생각이 들었다. 여전히 약을 먹는 데에는 약간의 두려움이 있었지만, 친구가 다니는 정신건강의학과를 추천받아 병원에 다니기로 마음먹었다.

하지만 마음먹고도 병원에 다니는 것은 그리 쉬운 일이 아니었다. 요즘 들어 병원에 다니는 사람들이 넘쳐나는지, 전화로 예약하려고 했더니 초진까지 장장 두 달이 걸리는 병원들도 있었다. 다행히 친구가 추천한 병원은 일주일만 기다리면 된다고 해서 먼저 상담지를 작성한 후 그다음 주에 초진을 받았다. 다른 지역이나 병원들 역시 몇 주에서 한 달 정도는 예약을 하고 기다려야 한다니, 새삼 요즘 사람들이 정신적으로 많이 힘들어한다는 걸 알게 되었다.

　여기서 잠시 한 가지 팁을 주자면, 다른 센터나 기존에 심리검사를 했던 결과지를 병원에 제출하면 굳이 똑같은 상담지를 다시 작성할 필요 없고, 그에 대한 비용을 낼 필요도 없다고 한다. 초진비가 비싼 이유는 심리검사와 다양한 상담지를 작성해서인데, 나는 이 부분을 몰라서 병원비를 그대로 치렀다. 이 책을 읽는 분 중 약물 치료를 고민하는 분이라면 꼭 잊지 말고 참고하시길 바란다.

　그렇게 본격적으로 내 우울증을 치료하기 위한 마라톤이 시작되었다. 단기적인 치료만으로는 끝나지 않으리라는 걸 알았기에, 조급해하지 않고 꾸준히 달려보기로 마음먹었다. 이제 더는 미룰 수 없다. 몸도 마음도 건강한 내가 되기 위한 스타트를 이제 막 끊은 셈이었다.

4부

덤벼라, 두 번은 안 진다

우울증 치료는 마라톤과 같다.

길고 험난하지만 끝이 있는 달리기다.

똑똑, 우울증 때문에 왔는데요

전화로 예약을 한 다음 날, 나는 먼저 심리 검사지를 작성하기 위해 병원에 들렀다. 대부분의 병원이 그렇듯 로비와 접수대는 평범하고 평온했다. 사람들이 많이 오는 시간이라 그런지 대기 좌석이 꽉 찰 정도로 사람들이 많았는데, 몸만큼 정신이 아픈 사람들도 많다는 걸 다시금 깨달았다.

낯선 기기가 놓인 치료실과 굳게 닫힌 방음문 너머 진료실, 그리고 양측에 의자가 놓인 상담실. 간호사는 여러 장의 심리 검사지와 함께 접수지를 내밀었고, 나는 상담실에서 조용히 앉아 검사지를 작성했다.

몇 장의 검사지는 이미 학교 학생상담센터에서 작성해본 적이 있는 것이었고 한 번도 해보지 않은 낯선 검사지도 있었다. 그렇게 검사지를 쓰는 데 약 40~50분이 걸렸던 거로 기억한다. 첫날은 의사 선생님과의 초진을 할 수 없어 검사지만 쓰고 다음 주에 본격적으로 치료가 시작되었다.

의사 선생님과 첫 대면을 했을 때, 마스크를 벗고 얼굴을 확인하자는 말에 당황했지만 마스크를 벗고 서로의 맨 얼굴을 마주했다. 처음에는 내가 왜 병원에 찾아오게 됐는지, 현재 내 상태가 어떠한지를 설명하는 시간을 가졌는데 막상 무슨 말을 하려고 하니 떠오르는 게 없었다. 그때는 생각이 많은 걸 넘어 머리가 펑 터져버린 듯 아예 생각이 없던 시기여서, 내 상태를 설명하다가도 '잘 모르겠다'고 얼버무리는 경우가 많았다.

차라리 힘들 때 내 상태를 글로 적어두었다가, 그걸 읽었으면 더 좋았을 것 같다. 특히 나는 시간이 지나면 힘들었던 기억을 묻어버리는 습관이 있어 그 당시의 상황과 감정을 기록해놓는 게 더더욱 중요했다. 물론, 귀찮은 성정 탓에 아직까지 그런 부류의 일기를 쓴 적은 없다. 아마 고쳐야 할 습관 중에 하나겠지. 내 지난 상태를 돌아보고 점검하는 것은 중요한 일이니까.

첫 진료부터 내가 지각을 해서 많은 이야기를 나누지는 못했지만, 이야기를 들은 의사 선생님은 일단 치료를 받아야겠다고 마음을 먹고 온 것부터 잘한 일이라고 하셨다. 약 부작용에 관해 많이 걱정하는 것 같은데, 일단은 약하게 먹어보고 상태가 어떤 식으로 호전되는지 지켜보자며 약을 처방해주셨다. 병원에서 약 제조까지 진행하기에 약국을 따로 들를 필요는 없었다. 약 이름도, 병원 이름도 아무것도 적히지 않은 약 봉투를 가방에 넣고 병원 밖을 나섰을 때 홀가분하면서도 복잡한 기분이 들었다.

'아, 내가 결국 미루고 미루다 드디어 병원에 왔구나'

'이제부터는 주기적으로 약을 먹어야 하니까 돈도 들 거고, 술이랑 커피도 피해야겠지. 잠은 어떻게 되려나⋯⋯'

사실 우울증약을 먹는다고 해서 술과 커피가 금지된 건 아니지만, 아무래도 자제하는 게 좋다고 하셨다. 술을 좋아하는 내가 갑작스레 술과 이별해야 한다니 아쉬웠지만 한 달 정도는 어찌어찌 금주를 잘 이어갔다. 물론 요즘에는 한

두 잔 정도 마시고 있다. 술과 영영 이별할 수는 없으니까.

내가 가장 많이 걱정했던 부작용인 수면 장애도 마찬가지로, 아침 약을 먹어서 좀 졸린 것만 빼면 큰 문제가 없었다. 오히려 초반에는 약을 먹으니까 밤에 잠이 잘 와서 좋았다.

다만 나는 졸음 때문에 오전 스케줄을 망치고 싶지 않아서, 그다음으로 병원에 갔을 때 약을 좀 줄여달라고 말했고 자기 전에만 약을 먹는 것으로 복용 시기를 변경했다. 의사 선생님께서 내 상태가 심각하지 않다고 하셨고, 약에 큰 변동 없이 충분히 잘 적응하는 것 같다고 말해주셔서 안심됐다.

사실 약을 먹기 시작한 첫 주에는 큰 반응을 느끼지는 못했으나, 일명 플라시보 효과처럼 약을 먹기 전보다는 상태가 괜찮은 것 같다고 느꼈다. 본격적인 효과는 약을 먹고 2주쯤 되면서 서서히 나타났다.

잠도 잘 오고 고민과 스트레스로 복잡했던 머리가 차츰 정리되는 기분이었다. 사소한 일에도 짜증이 나고 심각했던 날들이 무색하게 예민했던 신경도 한층 누그러졌다. 온 세상이 환해지고 나아진 듯한 드라마틱한 감상을 느끼지는 않앗으나, 약을 먹기 시작한 것만으로도 이런 변화를 단기간에 경험할 수 있다는 게 신기했다.

우울증에 걸린 많은 사람이 본인의 상태를 인지하지 못하거나, 다르다는 걸 알아도 병에 걸렸다는 사실을 부정한다. 아마 '정신병'이라는 단어에서 오는 거부감부터 사회적 시선, 그간 사회가 정신질환에 대해 쉬쉬하고 부정적으로 발표한 사례들이 많았기에 병원을 가고, 자신의 병을 인정하기 어려웠을 터다.

이는 나 역시 마찬가지였고, 더군다나 청소년일 당시에는 부모의 허락이 필요했는데 가뜩이나 자퇴로 한바탕 싸웠던 엄마 아빠와 병원에 가는 문제로 또 싸울 걸 생각하니 머리가 복잡해져서 포기하기도 했다. 요즘 들어서야 우울증에 대한 시선이 그나마 나아졌다지만, 여전히 감기나 복통 때문에 병원에 가는 것처럼 당연시하진 않기 때문에 남에게 솔직하게 털어놓기에는 무리가 있는 게 현실이다.

나는 성인이 되고 적어도 어느 정도 금전적인 여유가 생기면서 약물 치료라는 방법을 고려할 수 있게 되었다. 나로서도 많은 고민이 있었지만, 주변 지인들이 일찍이 병원에 다니면서 얻게 된 변화나 고려해야 할 점을 알려주었기 때문에 정보가 있는 상태로 찾아간 거라 그렇게까지 불안하지는 않았다.

나는 지금도 약을 먹고 있고, 내게 맞는 약을 찾기까지 두세 번 정도의 시행착오를 겪었다. 요즘은 약을 처음 먹을 때만큼의 효과를 느끼진 못하지만, 그래도 예전보다 내 상태가 많이 나아졌다는 걸 확신한다. 앞으로도 긍정적인 변화를 꿈꿀 수 있었으면 좋겠다.

나를 돌아보는 일은 어렵다

처음 학생상담센터를 찾을 때도 많은 고충이 있었다. 심리 검사를 예약하고 갔는데 준비가 되어있지 않아 허둥지둥하고, 검사 후 해석 상담 일정을 잡는데 일정이 안 맞아 나중에 연락을 달랬더니 연락이 오지 않아 먼저 전화하고, 어찌어찌 상담을 잡았더니 담당 선생님이 바뀌는 등…….

초반에는 여러 가지 정신없는 일들이 있었지만, 어찌 되었건 현재는 두 달 넘게 문제없이 상담을 잘 이어가고 있다. 처음에는 시간이 맞지 않아 격주로 진행했던 상담도 주 1회, 50분의 시간을 지키면서 급하지 않게 나아가는 중이다.

학생상담센터에서의 첫 상담에서는 오랜만에 받는 상담이 어색하기도 했고, 새로운 선생님과 마주하니 어떤 것부터 해야 할지 감이 오지 않기도 했다. 거의 1년 가까이 상담을 진행했던 청소년동반자 선생님과는 곧잘 불만을 털어놓고 지냈던 것 같은데 성인이 되니 남에게 내 고민을 투덜거리며 털어놓기가 괜히 망설여지기도 했다.

일단 가장 먼저 나를 소개했다. 현재 내가 어떻게 살아가고 있는지, 내가 품고 있는 고민은 무엇인지. 당시에는 할 일이 너무 많았다가 갑자기 휴식을 가질 시간이 생기니 어떻게 쉬어야 할지 모르겠다는 게 고민이었다.

선생님은 할 일을 마치고 휴대폰을 보는 대신 바깥 풍경을 감상하거나 사람들을 둘러보며 생각을 환기하고 잠깐이라도 눈과 머리를 쉬게 해주라고 했다. 그날 집에 돌아갈 때는 휴대폰 대신 학교 캠퍼스의 화단을 보았는데, 문득 몇 달 전 생각이 났다.

막 등교를 위해 학교에 발을 들였던 봄, 그때는 가지각색의 철쭉들이 만개해있었다. 그중 내가 좋아하는 다홍색 철쭉들을 보고 걸음이 붙잡혀 카메라로 꽃 사진을 찍었던 기억이 난다. 벚꽃이 만개하던 때에도 우리 학교에 벚나무가 있었는데, 환경미화원이 떨어진 꽃잎을 정리하기 위해 한데 쓸어 모아둔 것이 예뻐서 또 사진을 찍었었다.

그때는 주변 풍경을 보면서 참 예쁘다고 생각했는데, 이 상하게도 지금은 그런 생각들이 전혀 들지 않았다. 의식적으로 집에 돌아가서 할 일을 생각하는 대신 버스 안에 있는 사람들을 보았다. 그들이 입고 있는 옷, 짓고 있는 표정, 하는 행동들을 살피며 또다시 혼자만의 생각에 빠지지 않으려고 노력했다.

그런데 생각하지 않으려 의식할수록 피곤에서 벗어나기보다 오히려 더 피곤해지는 기분이었다. 집에 돌아가면 모든 기력이 소진돼서 옷도 안 갈아입고 멍하니 바닥에 드러눕기도 했다. 모든 것이 피곤했고 쉬고 싶었다. 그런데 쉬어도 쉬는 기분이 아니라니, 이놈의 몸과 머리는 도대체 어느 장단에 맞춰줘야 한단 말인가.

친구들을 만나면 기분이 좀 좋아질 줄 알았는데, 추석 연휴 때 친구들과 만나 온종일 놀아도 어딘가 공허했다. 같은 곳에서 편한 옷을 입고 맛있는 걸 먹어도 어느 순간 모든 일이 부질없게 느껴졌다. 일찍이 내 상태를 알았던 친구들은 그러지 말고 병원을 가보라고 재촉했다. 아마 주변인들이 먼저 내게 치료를 받으라고 권하지 않았다면 나는 귀찮다는 이유로 치료를 미뤘으리라. 그랬더라면 상태가 더 악화했겠지.

다행히 이런 상태는 약을 먹기 시작하면서 많이 나아졌다. 그때쯤 상담도 라포 형성을 마치고 본격적인 문제를 탐색하는 단계로 들어가서 더더욱 나를 이해하는 데 도움을 받을 수 있었다.

현재 내가 가진 문제 이전에 있었던 과거의 기억들, 유년 시절부터 나의 가정환경, 지난날 상담을 받았을 때의 감상과 문제들, 그리고 내가 앞으로 고민하는 미래에 관한 문제와 계획…….

하나의 이야기를 하면 잊고 있던 또 하나의 이야기가 떠오르고, 그 이야기를 하다 보면 다른 이야기가 또 떠오르고……. 여러 차례 상담을 진행했는데도 아직 이렇게 할 말이 많다는 게 조금 웃겼다. 마치 '이때다' 하고 다른 사람들에게 하지 못한 말까지 술술 불어버리는 느낌이었다.

그리고 상담 선생님이 독심술사처럼 내가 말하지 않은 감상이나 감정도 콕 짚어 대변해주셨기 때문에 속내를 숨기고 싶어도 숨길 수가 없다. 내 고질적인 습관 중 하나가 나쁘

127

고 이기적인 사람으로 보이기 싫어 상황이나 감정을 일부러 포장해서 말하는 건데, 그마저도 어느 순간 다 들키고 말아서 이제는 숨기지 않고 솔직하게 내 감정을 털어놓는다. 그게 가끔은 힘들 때도 있지만, 어차피 이야기를 나누다 보면 비밀은 밝혀지기 마련이므로.

상담을 진행하면서, 나는 생각보다 나 자신에 관한 고민보다 가족과 가정에 관한 고민을 많이 하고 있다는 걸 깨달았다. 장녀로서의 부담감과 책임감은 시간이 흐르면서 많이 내려놓았으나, 여전히 미래와 경제적인 부분에 있어 나도 모르게 걱정하고 짊어지려는 경향이 있었다. 직접 정보를 찾고 능동적으로 행동하는 사람이 나 하나뿐이라는 생각에 더더욱 그랬던 것 같다.

우리 집은 옛날부터 가난했고 나는 그런 가정환경에서 살아오면서 빈곤한 현실과 부모의 능력, 나의 처지를 알았다. 반쯤은 그 사실을 인정, 혹은 체념하며 살아오면서 부모가 미웠고 한편으로는 안쓰러웠다.

사랑을 독차지하기도 전에 수없이 생겨나는 동생들과 그들을 돌봐야 하는 처지, 일 때문에 바빠 부모의 관심을 받을 수 없는 가정환경 속에서 내가 칭찬을 바랐던 건 어쩌면 당연한 일일지도 모른다. 그렇게 관심을 끌면 좋은 말 한마디, 선물로 대가를 받을 수 있었으니까. 어릴 적에는 '잘했다', '장하다'라는 말이 듣고 싶어 받은 용돈을 모아 비싼 과일을 한가득 사오거나 기념일에 꽃다발, 화장품 등을 사는 등 과소비를 하기도 했다.

성격이 유전이라 그런지는 몰라도 내 동생들 역시 고집이 많았고 시끄럽고 잘 울었다. 매일 집안에는 울음소리나 소란이 끊이질 않았고 우리 집안의 유일한 가장이었던 아빠도 술을 진탕 먹고 들어오는 등 여러모로 속을 썩였기에 마음 놓고 기댈 곳도 없었다.

어릴 적 나는 낮에는 도서관, 저녁에는 집에서 컴퓨터 게임에 빠져 살았다. 좀 크고 나서부터는 친구들과 어울리고 글을 쓰는 시간이 늘었지만 그렇게 성실한 아이는 아니었다.

솔직히 말하면 내 유년 시절은 불행했다. 행복한 기억도 있지만 힘들고 불행한 기억이 더 많았다. 그때 그 시절의 감정들과 자라나면서 학습된 행동들이 성인이 된 지금의 나에게도 영향을 끼치는 것 같아 싫었다. 어쩌면 열일곱 살에 처음 겪었다고 생각한 우울증이 처음이 아닐 수도 있겠다는 생각이 들었다. 그 이전에도 속상하고 화나고 불행한 일들은 많았고 부모나 친구와 다툰 일도 잦았으니까. 그래도 다행인 것은 내가 비뚤어진 노선을 탄 게 아니라 나름대로 나만의 길을 잘 걸어왔다는 점이다.

옛날부터 날 골치 아프게 했던 고민들은 현재에도 그 형태만 바뀌었을 뿐 계속되고 있고, 그때보다 가정환경과 상황이 나아졌다고 해도 상대적인 기준일 뿐 우리는 여전히 가난하다. 하지만 내 인생을 불행하고 가엾다고 단정 짓지 않기로 했다. 행복할 순간은 얼마든지 있고 기회는 많다. 돈이 좀 없고 힘든 유년 시절을 보냈다고 해서 인생이 잘못된 것은 아니니까.

상담을 통해 나를 돌아보고 과거의 기억을 끄집어내어 감정을 털어놓는 일은 꽤 힘들고 어렵지만, 계속해보려고 한다. 이 지긋지긋한 우울과 별거하기 위해서.

약의 힘은 정말로 위대하다

상태를 인지하고 상담을 시작한 게 2021년 9월, 본격적으로 약을 먹기 시작한 건 2021년 10월이다. 중증이 아닌 가벼운 감기나 비염이라면 일찍이 나았을 테고 뼈가 부러졌다고 해도 슬슬 붕대를 벗을 정도의 시간이 지났다.

그러나 나는 아직 우울증을 치료 중이다. 약을 먹기 전보다는 상태가 많이 나아졌지만, 아직 완치라고 판단하기에는 부족하다고 느낀다. 약을 먹기 시작한 초반처럼 극적인 효과가 나타나지도 않고 최근 들어서는 자주 피로를 느끼고 무료해지는 등 좀처럼 상태가 진전되지 않는 느낌을 받기 때문이다.

똑같은 약을 먹은 지 한 달이 넘었으니, 혹시 내성이 생긴 건 아닌지 의문도 들었다. 지난번에 의사 선생님께 정확한 병명과 약의 이름을 물었지만 아직은 알려줄 때가 아닌 것 같다며 거절당한 바 있다.

단순한 우울증이 아니라 다른 문제가 있는 건 아닐까 하는 의문도 들고 내 상태랑 유사해 보이는 병명을 찾아보고 싶다는 마음도 들었지만, 그런 행동들이 오히려 나 자신을 더 불안하게 만들까 봐 참고 있다. 일부러 생각하지 않으려고 신경을 다른 곳으로 돌린다. 겨우 고민을 내려놓고 잘 지내고 있는데, 또 스스로 문제를 키우는 것 같아서.

오늘은 2주 만에 다시 병원을 다녀왔다. 지난번과 달리 이번에는 조금 우울하거나 짜증 나는 경우가 있었고, 정혈 때문에 PMS(생리 전 증후군)가 온 건가 생각했지만 정혈이 끝난 지금도 모든 일에 잘 집중이 안 되는 것 같다고 말했다.

병원에서 의사 선생님과 면담을 할 때는 상담을 진행할 때만큼 시간이 넉넉하지 않기 때문에, 빠르게 내 상태를 설명하고 처방할 약만 바꾸는 게 최선이었다. 물론 이 역시 병원마다 다르고 상담 치료를 같이 진행하는 곳도 있지만, 상담 치료는 비보험으로 돈이 또 든다.

그래도 내가 다니는 병원의 의사 선생님은 짧은 시간 안에도 최대한 많은 이야기를 나누려고 하시고 내 상태에 공감하려고 노력해주신다. 간혹 일부 의사들은 병원을 온 사람들의 이야기에 공감하지 않고 약만 처방해주거나 성의 없이 대하는 경우도 있는데, 그렇지 않아서 다행이었다. 오히려 시간이 짧아 많은 대화를 나누지 못하는 게 아쉽다며, 상담을 병행하는 선택을 해서 다행이라고 말씀해주셨다. 그런 부분에서 성의를 느끼기도 하고, 약을 과도하게 처방해주시지 않는 점도 좋았다.

처음과 달리 약간 약을 바꿔주셨지만 큰 변화는 없었다. 여전히 자기 전에만 한 번 약을 먹는다. 선생님은 종종 내게 읽을 만한 책이나 영상을 추천해주시기도 한다. 내 심리 문제나 고민에 관련된 미디어들인데 시간이 날 때 종종 그것들을 보면서 내 상태를 깨달아가는 시간을 갖는다. 처음에는 따로 책을 사고 싶지 않아 슬쩍 독서를 미뤘다가 혼났다. 어차피 내게 도움이 될 일이니 돈 한 푼, 시간 아깝다고 안 하는 것보다는 하는 게 좋다는 걸 깨달았지만.

약을 먹는 것만으로도 상태가 많이 나아졌지만, 요즘에

는 좀 더 건강한 내가 되기 위해 노력하는 일들이 있다. 늦어도 새벽 1시 전에는 자려고 하고 매일매일 집 안에서 운동을 한다. 운동을 죽기보다 싫어하는 나지만 지인들과 약속을 하고 건강을 챙기기 위한 마음으로 하니 얼추 잘 이어가고 있다.

예전에는 다이어트를 위해 식단도 관리하고 운동도 해야 한다는 생각에 싫었는데, 먹는 건 그대로 먹고 운동만 건강을 위해 하니 적당한 핑계가 생겨 좋다. 이십 대가 되면서 급격히 십 대 때와 몸이 달라졌다는 걸 느끼고 비타민 같은 보조제도 챙겨 먹는다. 무엇보다 일상생활을 하면서 하루 세 끼를 잊지 않고 먹고 있다. 입맛이 없다는 이유로 한 끼에 몰아 먹는 게 몸에도 정신에도 나쁘다는 걸 깨달았기 때문이다.

물론 이렇게 새로운 시도를 할 수 있었던 것도 기력이 생겼기 때문이다. 이전까지는 집에 돌아오면 아무것도 못 하고 겨우 밥 먹고 딴짓만 하다가 잠들었다. 약을 먹고 여유가 생기면서 운동과 샤워도 매일 하게 되었고 책을 읽거나 원고 마감을 하는 등 생산적인 일을 할 의지가 생겼다.

마음을 먹어도 며칠 못 이어가는 날들이 많았는데 약 한 달 정도를 꾸준히 계획대로 해내고 있으니 나도 이런 내가 신기했다. 이 기간이 언제까지 이어질까 걱정되기도 하지만, 몇 달간 꾸준히 이어가면 습관이 되리라 믿으며 해나가게 되었다.

그런 의미에서 약의 힘은 정말로 위대하다고 말하고 싶다. 현대 의학 기술이 이만큼 발전했다는 게 놀랍고 사람과 사람 간의 대화만으로 해결되지 못하는 부분까지 약물로 치료할 수 있다는 게 신기했다.

때때로 약이 몸에 안 맞거나 독하면 부작용이 생기기도 하지만, 나는 아직까진 부작용이라고 할 만한 증상을 느껴본 적도 없다. 주기적으로 병원에 가서 약을 타고 꼬박꼬박 먹어야 하는 게 불편할 수 있다. 하지만 내 건강을 위해서라면 충분히 받아들일 수 있다.

아직 약물 치료를 끊어도 될 것 같다는 생각은 안 들고, 의사 선생님도 별다른 언급을 하지 않으시는 걸 보니 내 치료는 생각보다 좀 더 오랜 시간이 걸릴 듯하다. 하지만 불안하지는 않다. 건강 상태가 호전되고 있다는 걸 느끼고 더 나은 일상을 살아가기 위해 좀 더 돈과 시간을 소비할 준비가 되어있다. 그런 여유가 있었기 때문에 시작한 게 아니라, 약을 먹고 상담을 받으면서 여유가 만들어졌다.

　그래도 가장 좋은 상태는 약 없이도 스스로 건강한 생각을 하고 생활을 유지하는 것이니, 더 건강한 내가 되기 위해 노력해야겠다. 아니, 지금까지 너무 많이 노력했으니까 반만 노력해야지. 정도를 넘어서는 과도한 노력은 사양이다.

우울증 치료는 마라톤과 같다

본인이 우울증에 걸렸음을 인지하고 병원이나 상담센터에 찾아가기까지는 굉장히 어렵지만, 사실 용기 내 치료를 시작한다고 해서 모든 게 편해지고 쉬워지는 건 아니다.

상담은 처음에는 대단한 효과를 보기 어렵고, 또 반대로 약은 처음에는 가장 효과가 있다가 그 뒤로는 처음처럼 좋은 효과를 보기란 어렵기 때문이다.

따라서 나는 약물 치료와 상담을 병행하고 있고, 선생님들도 두 가지 치료를 함께 진행하는 게 좋다고 했다.

물론 현실적인 문제로 두 가지를 모두 병행하기 어려운

경우도 있다. 청소년일 때는 청소년상담복지센터나 학교에서 상담 도움을 받을 수 있지만, 부모의 허락이 필요한 정신건강의학과는 가기 어렵다.

성인은 병원은 갈 순 있어도 적합한 상담센터를 찾기가 힘들다. 특히 정부에서 지원해주는 정신건강센터나 상담복지센터가 아닌 개인이 운영하는 상담소라면 상담 치료비가 어마어마하게 들기 때문이다. 또, 센터로 가도 상담사가 나와 맞지 않는다면 다른 센터를 가야 하는데 거주 지역에 센터가 하나밖에 없어 어쩔 수 없이 상담을 포기하는 경우도 생긴다.

그런 의미에서 나는 운이 좋은 편이다. 처음 상담을 시작했을 때 학교에 있었던 위클래스 선생님들 모두 좋은 분이셨고, 자퇴할 즈음에는 꿈드림 센터와의 연계도 신경 써주셨다.

1년간 장기 상담을 진행해주신 청소년동반자 선생님도, 지금 대학교에서 상담을 이어가고 있는 상담 선생님도 전부 나와 잘 맞는 좋은 분들이셨다. 정신건강의학과 역시 주변 친구와 지인들이 추천해줘서 어렵지 않게 다닐 수 있었고 의사 선생님께서 처방해주시는 약도 잘 맞았다.

생각보다 우울증을 치료하기로 마음먹었는데도 이런 부분이 맞지 않아 치료를 헤매거나 포기하는 사람들도 있다. 인프라가 좋지 않은 지방에 사는 사람들은 더욱 그렇다.

하지만 7일만 견디면 낫는다는 감기와 다르게 정신질환은 가만히 내버려둔다고 해서 나아지지 않는다. 병원을 가는 대신 꿀물이나 유자차를 마시며 민간요법을 택하는 사람들처럼 스스로 휴식을 취하고 운동을 하는 등으로 자가 치료를 시도할 수는 있겠으나 결코 완치될 수는 없다.

증상이 일시적인 감정 변화가 아니라 지속해서 이어지고 있다면, 뇌는 이미 병에 걸린 상태이기 때문에 다시 정상적으로 돌아오기 힘들다. 결국엔 치료가 필요하다. 오래 방치될수록 더 길고 많은 치료를 해야 한다.

이런 점에서 우울증 치료는 마라톤과 같다. 무척이나 길고 험난하지만 언젠가는 끝이 있는, 느리지도 빠르지도 않은 꾸준한 속도로 체력을 유지하며 달려야만 중간에 포기하지 않고 결승점까지 나아갈 수 있는 마라톤 말이다.

멀고 먼 트랙을 달리다 보면 선수를 응원하는 사람들도 만나고 중간중간 물과 과일처럼 달콤한 휴식이나 좋은 기회를 얻기도 한다. 혼자만의 마라톤이기 때문에 경쟁자는 없지만 비슷한 치료를 받는 사람들이 곁에 있으면 서로를 이해하고 북돋우며 달릴 수도 있다. 때로는 숨이 거칠어지고 포기하고 싶다고 생각하게 될 테지만, 자유롭게 트랙을 누비면서 느끼는 열정과 성취감이 부스터가 되어 당신의 등을 밀어줄 것이다.

나도 약물 치료와 상담 치료를 하던 첫 달에는 등 뒤에 날개가 달린 것처럼 수월하게 달렸다. 특히 약의 효과가 너무 좋아 이대로만 간다면 금방 약을 끊을 수 있으리라고 생각했다. 이렇게 효과가 가장 좋을 때, 괜찮다고 느낄 때 멋대로 약을 끊어버리는 사람들이 있는데 주의해야 한다. 의사 선생님과의 상의 없이 자의적으로 약을 끊으면 거의 99%의 확률로 재발하기 때문이다.

혼자서만 마음에 품고 끙끙 앓던 이야기를 상담을 통해 매주 하소연하듯 늘어놓다 보니 마음도 아주 편해졌다. 특히 선생님이 족집게처럼 내 감정을 콕콕 짚어주시어 좋았다.

스스로도 갈피를 못 잡고 있을 때 이정표가 되어주시니 혼자서 오랫동안 고민하지 않아도 되고, 이제껏 생각하지 못했던 부분을 떠올리며 생각을 전환하는 기회도 얻었다.

무엇보다도 해결되지 않을 것만 같던 가족 문제를 맘 편히 털어놓고 해결책을 세워갈 수 있어 가장 만족한다.

사람들은 자신의 일상과 감정이 언제나 안정되고 행복하길 바라지만, 매일이 행복할 수는 없다. 오히려 굴곡 없는 인생과 평화에 안주하다 보면 게을러지고 더 자극적인 무언가를 찾기 마련이다.

그리고 왜 사람에게 행복감 이외의 다른 감정들이 존재하겠는가? 희로애락이라는 말이 그냥 있는 게 아니다. 때로는 분노를, 때로는 슬픔을 느껴야 더 인간적인 사람이 될 수 있다. 나도 이 우울에서 완전히 벗어나고 싶고 화내고 슬퍼하고 약한 사람이 되기 싫지만, 이런 감정들이 가끔은 나에게 도움이 되고 나를 더 사람답게 만들어준다는 점은 인정할 수밖에 없다.

새벽, 나도 모르게 감성적으로 변하는 시간에는 슬픔이나 우울감이 더 고조된다. 나는 이런 감정들을 끌어모아 글에 표출하기도 하고, 이로부터 새로운 아이디어나 글감을 얻기도 한다.

그래서 십 대 때는 주로 늦은 밤이나 새벽에 글을 썼다. 분노는 격한 감정이지만 그렇기 때문에 나와 상대의 마음을 더 잘 알 수 있게 해주고, 오히려 쌓인 앙금을 풀어내면서 더 좋은 관계로 발전하게도 한다. 자기감정이나 타인의 이야기, 심지어 미디어 매체로 접하는 콘텐츠에 슬퍼 울컥하기도 하지만 그로 인해 상대의 기분을 더 잘 이해하고 공감해줄 수 있다. 나의 경우도 게으름이 심한 성정이라 일찍이 계획을 세워두고 미리 할 일을 하는 등 오히려 부지런한 면모를 갖기도 한다.

자신을 볼 때 부정적인 면모만 보지 말고 긍정적인 면모도 봐주면서, 한편으로는 단점이라고 할 수 있는 부분에서 장점을 찾아보자. 예를 들어 행동이 굼뜨고 답답하다는 단점은 생각이 많고 신중하다는 장점으로 볼 수도 있다. 긍정적으로 사고하는 일은 생각보다 더 중요하다.

나 역시 어릴 적에는 부정적인 사고가 더 컸고 이러한 면모 때문에 사람들에게 지적을 받곤 했다. 새로운 일을 시도할 때도 '난 안 될 거야'라는 생각 때문에 지레 겁먹고 포기하는 경우도 많았다.

하지만 상담을 받으면서, 또 다양한 책과 긍정에 관련된 자료를 접하면서 일부러라도 긍정적으로 살아가야겠다고 생각했다. 억지로 웃어도 뇌는 즐겁다고 인식하고 엔도르핀을 발산하는 것처럼 말이다.

그래서일까? 근 몇 년간의 변화로 나는 제법 긍정적인 사람이 되었다. 하루는 다른 사람과 대화를 하다, "은진 씨는 참 긍정적이네요"라는 칭찬을 들은 적이 있다. 그 말을 듣고 놀랐다. 나는 되게 부정적인 사람이었는데, 이제는 남에게 긍정적이라는 칭찬을 들을 정도로 변했다니. 이처럼 생각의 전환만으로도 사람이 달라질 수 있기에, 나는 내가 더 잘될 거라고 믿고 미래 역시 긍정적으로 보려고 노력한다.

단지 생각만 바꿀 뿐이지만 이는 쉽게 되진 않을 것이다. 무의식적으로 나를 탓하고 부정적으로 생각하고 욕하게 될 수도 있다. 나 역시도 가끔씩 그러니까. 하지만 그게 내 전부이자 한계라고 생각하지 말고 꾸준히, 끊임없이 시도하는 것, 그게 중요하다.

모든 인생은 마라톤과 같다. 자신만의 속도를 유지하며 끝까지 나아가는 사람 모두가 승리자다. 등수에 상관없이 결승점을 넘어설 수만 있다면 서로 동료가 되어 축하해줄 경기. 그러니 차근차근 나아가보자. 이건 나 자신에게 하는 말이기도 하다.

더 나은 내일을 위하여

무엇보다 나의 건강을 위해 달려온 2021년 하반기. 다사다난했던 2학년 2학기도 종강하고 겨울방학이 찾아왔다.

2021년이 마무리되면서 찾아온 겨울. 가장 바쁜 12월이 지난 후 찾아오는 1월과 2월은 내 기준 제일 여유로운 달이다. 숨 가쁘게 12월을 마무리한 뒤에는 겨울방학을 포함한 내년의 계획을 세워야 한다. 생계를 이어가기 위해선 방학에도 주 5일씩 국가 근로를 해야 하지만, 학기 중보다는 일찍 퇴근할 수 있다는 점을 고려해 오후의 자유 시간을 새로운 활동으로 채우거나 여가 시간을 즐기기도 한다. 일단 코

앞까지 닥친 일들을 빨리 마무리해야 제대로 된 계획을 세울 시간이 생길 테지만.

흘러가는 시간을 붙잡을 틈도 없이 하루는 빠르게 지나간다. 24시간이 모자란다는 생각은 들었지만 그렇다고 하루를 30시간으로 늘여 살 수도 없으니 한정된 시간 안에 해야 할 일과 휴식을 잘 분배해야 했다.

다만 2021년 상반기의 나는 일과 휴식을 병행하지 못했고 업무를 과중한 탓에 번아웃을 넘어서서 깊은 우울과 무기력증에 빠졌다. 불행 중 다행인 것은 내 상태를 일찍 인지하고 치료해야겠다고 마음먹었다는 거다. 이 역시 비슷한 경험이 있었기에 빠르게 인지한 거지, 그러지 않았다면 이 상태가 더 오래 이어졌을지도 모른다.

이전까지는 너무 계산적으로 살아왔다. 나에게 도움이 되지 않는다 싶으면 하고 싶고, 갖고 싶은 것이라도 일찍이 포기했고 조금이라도 돈이 되거나 도움이 될 만한 일만 찾아다녔다. 항상 무언가를 할 때 어디에 써먹을 수 있는지, 적재적소에 맞춰 내 능력 선에서 할 수 있는지를 생각했고 그럴 만한 확신이 들지 않는 일은 시도조차 하지 않았다.

코로나19 때문도 있었지만 사람을 잘 만나지 않았고 대부분 만나는 사람들도 친한 친구, 혹은 비즈니스로 만나는 사람들뿐이었다. 나의 행복한 미래를 위해 발판을 밟아가는 과정이라지만 내 그릇에 비해 과한 노력을 콸콸 붓고 있었다.

사실 이런 부분이 다 나아진 건 아니다. 꽤 이전부터 습관이 된 생각과 행동들이었고, 실제로 이런 습관이 나에게 대부분 좋은 결과를 가져다주었기 때문이다.

그래서 처음에는 내 생각과 행동을 고쳐야 한다는 필요성을 느끼지 못했다. 휴식을 취해야 할 때도 일을 해야 한다는 강박감이 든다면 차라리 빨리 일해서 마음도 편해지고 일찍 결과물도 내는 게 좋은 결과가 아닌가? 하는 생각도 들었지만, 이는 차례차례 상담을 받고 약을 먹으면서 변해갔다. 성과를 내는 데는 좋을 수 있어도 나의 정신 건강을 위해서는 반드시 생각과 몸이 쉬는 시간도 꼭 필요하다는 걸 깨달았기 때문이다.

사소하지만 제법 많은 변화가 생겼다. 매번 글을 써야 한다는 핑계로 1년여 넘게 멀리 두었던 책도 일주일에 한 권씩 읽는 정도로 독서량이 늘어났다. 땀나는 게 싫고 귀찮다는 이유로 절교했던 운동도 집에서 하는 홈트레이닝으로 점차 친해지기 시작했다. 시간이 생기면 본격적으로 헬스장이나 학원에 다니면서 전문가에게 운동을 배워보고 싶다는 생각도 들었다.

어떨 때는 새벽 3~4시, 작업에 집중하면서 밤을 새우기도 했으나 지금은 늦어도 1시 전에는 누워 잠들려고 노력한다. 사소한 일에도 짜증이 나서 목소리를 높이고 욕설을 내뱉을 때도 있었는데, 이제는 '그럴 수 있다'고 생각하며 순간적으로 욱하는 감정을 다스린다. 여전히 잡생각이 많고 한 가지 일에 집중하지 못할 때도 있지만 이것 또한 나아지고 있다.

'그래, 긍정적으로 생각하는 게 좋지. 나는 나아지고 있다. 나는 괜찮다. 나는 더 좋아질 것이다!'

마음속으로라도 외치면 기분은 좋아지고 힘이 나는 듯한 착각에 빠진다. 내가 너무 게으르고 한심하다는 우울감에 빠지면 내가 해냈던 활동들의 과정과 결과, 완성된 글을 보면서 난 제법 대단한 사람이라고 우쭐해 하기도 한다. 어떤 프로그램, 프로젝트, 원고 집필을 끝낼 때마다 그 과정에서 사용했던 파일과 물건과 결과물들을 전부 수집해놓는다. 힘들 때마다 청소하는 척 꺼내보면서 그날의 기억을 에너지원 삼아 살아간다.

그래도 나아지지 않으면 가족들이나 친구들에게 징징대고 위로를 얻는다. 말은 없지만 내가 좋아하고 나를 좋아해주는 고양이 라따를 쓰다듬으며 그 온기에 취한다.

행복한 미래가 갖고 싶었다. 더 이상 돈 문제로 걱정하지 않을 만큼 부유하고 남에게 주눅 들지 않을 정도로 당당하며 자신감 넘치는 내가 되고 싶었다. 하고 싶은 일이 직업이 되면서 돈도 되는, 꿈과 희망이 일치하는 삶에서 내가 좋아하는 사람들과 내가 돕고 싶은 사람들을 후원하고 지지할 수 있는 그들의 버팀목이 되면 좋겠다고 생각했다.

아니, 이게 욕심이라면 단 한 가지 돈이라도 있는 사람이 되고 싶었다. 현재보다 더 나은 미래와 행복한 나를 위해 달리는 게 당연하다고 생각했다.

그러나 지금은 생각이 좀 다르다. 미래의 나도 중요하지만 정말로 중요한 건 현재의 나였다. 현재의 내가 없으면 미래의 나도 없다. 행복하지 않은 현재의 내가 미래의 행복을 위해 달려나갈 수 있을까?

나는 아니라고 본다. 과거의 내가 버텼기 때문에 지금의 내가 살아있는 거고, 지금의 나 역시 죽지 않고 살아야 미래를 맛볼 수 있다. 그러니 현재에도 행복해야지. 무리해서 내가 나를 죽이지는 말아야지. 더 나은 내일을 위해 오늘의 나에게도 보상을 줘야겠다.

　사람은 무엇으로 사는가. 대부분은 태어났으니 산다지만 나는 항상 삶의 의미와 이유를 궁금해했다. 그러나 의미를 찾으려 할수록 인생은 덧없어지고 사람은 피폐해지는 법. 누군가 나에게 무엇 때문에 사느냐고 하면, 행복을 찾으려고 산다고 대답해야겠다. 행복만이 이 세상을 살아가는 데 어떠한 조건도, 정답도, 승패도 없는 감정이기 때문에.

　나는 나의 주관적인 행복을 위해 주말에는 알람 없이 늦잠을 자고 먹고 싶은 음식을 먹으며 좋아하는 고양이를 끌어안고 하루를 보내야겠다. 일없는 24시간을 보내야지. 행복은 멀지 않은 곳에 있고 나의 목표 역시 행복이 있어야만 이룰 수 있으니까.

나를 살게 하는 사람들

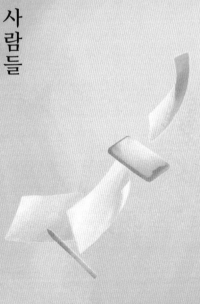

━━━ ✦ ✦ ✦ ━━━

인간관계는 사람에게 정말 중요한 요소 중 하나다. 인간은 사회적 동물이라는 말이 있듯이 고독은 하나의 고통이 되며 삶을 포기하게 만드는 죽음의 원인이 되기도 한다. 가족, 연인, 친구, 반려동물과 선후배, 스승…

하나로 설명되지 않는 다채로운 인간관계 중 하나라도 결핍되는 순간 사람은 외로움을 느낀다. 사람에게 상처받으면서 다시 사람에게 치유를 받기 위해 인간들이 관계를 꼭 필요로 한다는 게 의아하게 느껴지기도 한다.

고맙게도 내게는 좋은 사람들이 주변에 많이 있었다. 또래 친구들보다는 어른들과 어울리는 걸 좋아해서 나보다 앞서 세상을 살아간 인생의 선배나 업계종사자들도 있고, 사적으로도 만남을 이어가며 연락하는 사람들도 많다.

그렇다고 또래 친구가 없냐 하면 그것도 아니다. 초등학생일 적부터 지금까지 같은 학교, 가까운 동네에서 맞붙어 살아가며 가족보다 더 많은 것을 공유한 친구들, 학창 시절

동아리 활동을 통해 끈끈한 우정을 이어간 친구들, 학교뿐만이 아닌 세상 밖에서 만난 성별도 나잇대도 다양한 친구들도 있다.

주기적으로 연락하고 사적으로 만나는 관계는 제법 협소하다고 생각했는데, 이 글을 쓰면서 많은 사람과 소통을 이어가고 연락을 취한다는 걸 깨달았다.

사실, 나는 웬만큼 친해진 사람이 아니면 먼저 연락을 하거나 약속을 잡지 않는다. 이 '웬만큼'이라는 기준이 모호하긴 하다. 누군가는 수년이 넘는 시간 동안 손에 꼽을 만큼 보기도 했고 만난 지 얼마 안 됐지만, 일상처럼 자주 만나는 사람들도 있긴 하니까.

여기서 내 MBTI 유형을 설명하지 않을 수가 없다. 지금도 모든 MBTI의 유형을 알지 못하지만 유행에 휩쓸려 나 역시 검사를 해본 적이 있다. 결과는 INFJ였다. F와 T 사이를 모호하게 오가곤 하지만 내향형 인간인 I와 계획형 인간인 J 유형만큼은 확실하다고 느낀다. 애초에 사람들을 만나서 활발하게 소통하는 걸 좋아하는 편은 아니다. 다만 사회생활이나 어색한 첫 만남 때 분위기를 띄우기 위해 먼저 나서는 경우가 많다 보니 일부는 나를 E 성향으로 생각하기도 한다.

다만 J는 누가 뭐랄 것 없이 확실하다. 나는 계획이 없으면 도저히 움직일 수가 없는 인간이라 대표적인 P 유형인 가족들과 함께하면 답답할 때도 있다. 여행 계획을 짤 때도 숙소만 정하는 게 아니라 맛집, 놀 거리, 그에 따른 소요 시간과 이동 수단까지 정해놓아야 마음이 편해진다. N이랑 F 유형은 사실 나도 잘 알지 못해서 이 부분은 생략하겠다. 사람들이 모두 MBTI 유형에 맞춰 살아가는 것도 아니니까.

각설하고, 세상에서 좋은 사람과 나쁜 사람이 반반씩 있는 건 아니지만 나는 좋은 사람들을 훨씬 더 많이 만났다. 그들은 내게 위로와 조언을 건네주었고, 가끔 내가 잘못된 생각이나 행동을 하면 따끔한 경고나 충고를 해주기도 했다. 진로를 고민할 때 길을 알려주고 도움을 준 사람들, 우울함과 분노에 사로잡혀있을 때 공감하고 토닥여준 사람들, 희로애락을 함께하고 일상을 공유하는 이들 모두가 소중한 사람이자 나를 살게 하는 사람들이었다.

심각한 우울증과 자살 충동에 휩싸여 절벽 끝에 서 있다는 기분이 들었을 때, 가족들을 믿지 못하고 홀로서기를 해야 했을 때 상담과 깊은 대화를 통해 나를 절벽에서 이끌어준 선생님과 친구들. 끝도 없는 무기력과 번아웃에 잠겨있

을 때 비슷한 경험을 공유하며 이 늪을 벗어나자고 응원해
준 친구들, 꾸준한 치료를 통해 건강해지길 진심으로 기원
해준 선생님들. 그렇게 나를 살린 존재들이 곁에 있어 지금
의 내가 있다. 내가 인복이 많다고 생각하는 이유다.

이 책을 읽는 여러분께도 소중한 사람들이 있을 것이다.
많은 이야기를 꺼내지 않았으나 나와 같은 관계가 있었으면
하고 부러워할 수도 있으며, 비슷한 관계의 사람들을 떠올
리며 지금쯤 한번 연락을 해볼 수도 있겠다.

절친한 친구들과의 관계가 소홀해질 때마다 상기시키는
말이 있다. '익숙함에 속아 소중함을 잊지 말자'. 맞는 말이
다. 때론 너무 가까워서 편해지고, 편하다는 이유로 연락을
오랫동안 하지 않아 다시 만나기 망설여지게 되는 관계도
있다. 때론 인간관계의 파도에 휩쓸려 누구도 만나고 싶지
않고 모든 게 지칠 때도 오겠지만, 마음을 다스리면서 본인
을 돌아보시라. 모든 일은 언제나 긍정적이지만은 않고 삶
은 언제나 행복할 수 없음에, 지금 내게 위안을 주는 이들에
게 마음속으로 감사 인사를 전하고자 한다.

5부

우울증 5년 차 되십니다

이제는 새롭게 다가올 일들을
힘차게 마주할 준비가 되었다.

새로운 일상에 적응 중입니다

코로나19가 장기화되면서 우리의 삶도 바뀌었다. 2021년 11월 무렵 '위드 코로나'를 시도했다가 급히 다시 방역을 시도했으나, 이미 학교들은 전면 대면 수업을 진행하고 자택 근무의 수도 많이 줄었다. 코로나 환자가 완전히 줄어든 건 아니지만 언제까지고 실내와 온라인에만 머무를 수 없는 사람들이 내린 결론이다.

하여 나 역시도 세상에서 가장 느긋한 2학년 겨울방학을 마치고 난 뒤 본격적으로 대학교에 발을 들였다. 항상 조용했던 대학교에 생기가 돌기 시작하면서 수많은 학생이 캠퍼스를 돌아다니는 광경을 볼 수 있었다. 이제 3학년이 되었는데 아직 얼굴을 알고 인사하는 동기들이 거의 없다는 사실이 새삼 충격적이었다.

흔히들 대학생이라고 하면 꿈꾸는 캠퍼스 로망이 있지 않은가. 대학 축제, MT 같은 것들. 그런 건 없었다. 대면 수업을 진행한다고 한들 확진자는 꾸준히 나왔기 때문에 단체로 마스크를 벗거나 밀집된 공간에 있을 위험이 있는 행사는 전면 무산되었다.

애초에 나는 그런 로망이 크지 않았던 사람이라 아쉬움이 없었지만, 문제는 그게 아니었다. 대면 수업을 듣는 대학생의 삶은 상상했던 것보다 더욱 힘들었다.

매일 컴퓨터만 켜면 들을 수 있던 전공 수업이 연달아 2시간, 3시간씩 이어지고 공강에는 국가 근로를 하러 다른 건물로 달려가야 한다. 하루에 3~4시간, 많으면 6시간을 졸지 않고 집중해 들으면 절로 피로가 쌓였다. 새로운 근로지에 적응도 필요하고 동기들과의 어색한 만남, 혹은 대화도 피로의 원인 중 하나였다. 수업만 들을 수 있다면 양반이랴, 대학생에게 주어진 시련 중 하나는 바로 과제일 것이다.

남들이 보기에는 '에이, 엄살은'이라고 생각할 수도 있고,

'온라인 수업 2년 들었으면 복 받은 거지. 원래 그런 거야'라고 생각할 수도 있다. 맞는 말이라 반박할 생각은 없다. 다만 대면 수업을 받기 전에도 워낙 벌여놓은 일이 많아서일까, 그 모든 일을 직접 학교를 다니며 해낸다는 게 불가능하다는 걸 깨달았다.

학기 중에는 글을 쓰는 게 거의 불가능했다. 농담이 아니라 정말로 시간이 없었다. 바깥에서 온몸이 탈탈 털린 채 집으로 들어오면 글이고 뭐고 과제하고, 회의하고, 씻고 나면 밤이 되니까. 고등학생은 학교가 준 스케줄에서 10분의 쉬는 시간에 기대 빙빙 돌아간다면, 대학교는 내가 직접 짠 스케줄을 해내야 한다.

그럼 스케줄을 줄이면 되지 않냐고? 여기서 다시 상황이 원점이 된다. 수업은 수업대로 들어야 하고, 생활비로 지출되는 돈도 벌어야만 하고, 취업이나 청소년 활동에 도움이 되는 각종 대외 활동도 놓칠 수 없다. 여기에 본디 직업이었던 작가로서의 작품 집필 및 각종 활동도 해야 하니 24시간 동안 몸 하나로 살아가는 건 불가능하다는 결론이 나왔다.

"엄살이 아니라, 직접 경험해보시라고요!"라고 할 수도 없는 노릇이다. 결국 모든 건 내 선택이고 내가 하겠다고 마음먹은 일이니 누구를 탓하겠나. 이렇게 또 스스로를 탓하게 되는 것이다. 이러다간 작년과 똑같은 루트를 타고 또 번아웃이 찾아올 수도 있겠다는 두려움이 들었다. 이 악순환을 고치기 위해 상담센터를 찾고 병원을 찾은 건데, 이렇게 무너질 수는 없는 법!

이제는 위기 상황에 어떻게 대처해야 하는지 방법을 안다. 경험도 해봤고 꾸준히 치료받고 쉬면서 생긴 에너지가 있기 때문이다. 모든 걸 다 해내지 못한다면 과감히 포기할 줄도 알아야 한다. 그래야 전부 포기하는 결과 없이 하나라도 제대로 성공한다.

학기 중에 글을 포기한다는 건 정말로 가슴 아픈 일이었지만, 어쩔 수 없었다. 집에 돌아와 앉아도 글이 쓰이질 않는걸. 하루 치 에너지를 다 소모해서 원고를 집필할 에너지가 없다면 얼른 컴퓨터를 끄고 누웠다. 백지를 붙잡고 새벽 내내 있어 봤자 내 정신만 갉아먹힐 뿐이니까.

그렇다면 대학생활은 어떨까. 내 마음은 대학생보다는 작가라는 직업에 더 비중을 두고 싶었지만, 아쉽게도 현실은 그럴 수 없는 법. 게다가 나는 가장 바쁘다는 대학교 3학년생이었다. 성적 관리는 물론이고 취업 준비를 위한 스펙 쌓기, 사회복지 실습을 위해 준비되어야 하는 봉사 활동과 자격증 취득을 위한 과목 이수 등 챙겨야 할 것들이 너무 많았다.

1, 2학년 때부터 차근차근 준비했으면 이렇게까지 힘들지 않았을까 후회도 들지만, 그때는 그게 최선이었겠지. 누구나 '그때 좀 더 열심히 할걸'이라고 후회하는 거는 똑같으니까. 그래서 나는 2년의 경험을 토대로 대학생으로 살아남기 스킬을 시전했다.

첫째, 수강 신청을 할 때 공강을 만들어두고 교양은 최대한 온라인으로 들을 수 있는 수업만 담는다. 전공 수업은 전부 자격증 취득을 위해 수강해야 하는 과목들이라 어쩔 수 없었지만, 교양은 사이버 강의도 있었으므로 최대한 대면 수업이 아닌 비대면 수업으로 선택했다. 시간 절약이 될뿐더러 언제 어디서나 수업을 들을 수 있다는 장점이 있으니까.

둘째, 대학교에서 지원받을 수 있는 것, 시설, 시스템 등은 다 찾아서 이용한다. 추천서를 받는다거나 서적, 정보 검색이 필요한 활동을 할 때면 도서관과 교수 사무실을 자주 찾아갔다. 매년 수백만 원의 등록금을 내는데 캠퍼스와 교수

님을 최대한 잘 활용하는 게 이득 아닌가.

책도 많이 빌리고, 대학교 컴퓨터를 이용하고, 몸이 아플 때면 참지 않고 학생건강센터를 간다거나 여학생 휴게실에서 낮잠을 잔다거나 하는 식으로도 학교 편의시설을 최대한 이용했다. 하루에 8시간 이상을 학교에서 보내니 이 정도 누리는 건 아무것도 아니다.

셋째, 수업을 듣다가 졸리면? 자면 된다⋯⋯ 라는 방법은 없었다. 그건 안 된다. 성적은 잘 받아야지. 커피를 마시든, 허벅지를 꼬집든 간에 수업에는 집중해야 한다. 내 본분은 학생이라는 자각을 끊임없이 주입해야 했다.

물론 쉽지 않았다. 아무리 관심 있는 전공 분야라고 해도 공부하기는 싫기 마련. 졸지 않으려고 노력해도 필기한 종이를 보면 도저히 뜻을 파악할 수 없는 상형문자들이 그려져 있었다.

대학은 보통 솔로 플레이(Solo Play)로 진행되는 편이라, 동기들이랑은 수업을 듣거나 어쩌다 점심을 같이 먹는 식으로 교류했기 때문에 인간관계에 있어 큰 문제는 없었다. 자퇴 후로 혼자 지내는 일이 많았기 때문에 혼자서 행동하는 게 편했고, 국가 근로 덕분에 일찍이 캠퍼스 위치를 다 파악

해서 길을 헤매거나 시설에 대한 불편을 겪을 일도 없었으니까.

대면 수업이 힘들긴 해도 작년보다는 평탄한 대학생활이 이어졌다. 아침 수업에 적응하려면 좀 더 시간이 필요하겠지만, 딱 이 정도의 스케줄이 이어진다면 견딜 만하겠다는 생각이 들었다. 바쁜 것도 평일에나 바쁘지, 주말에는 온전히 내 시간을 즐길 수 있었다. 약을 먹고 상담을 통해 나 자신의 상태를 알게 되면서, 나는 훨씬 더 차분하고 건강한 마음으로 모든 일을 맞이할 수 있었다.

그런데 여기서 내 노력을 비웃듯 나타난 존재가 있었으니…… 바로 중간고사였다.

나이를 먹어도 시험은 어려워

    시험. 시험. 시험. 공부하기 위해 유치원에서 처음 펜을 잡았을 때부터 그 뒤로 지긋지긋하게 따라다니는 평가 방법. 난 공부 자체를 싫어하는 사람은 아니었는데, 공부한 내용을 시험 보고 점수로 평가받는 과정에 환멸을 느껴 자연스럽게 공부를 싫어하게 되었다.

    공부를 열심히 했건, 하지 않았건 결과로, 점수로 등수와 등급을 나누고 그것으로 사람을 평가하는 시스템이 마음에 들지 않았다. 학교를 뛰쳐나올 때도 비슷한 생각이었다. 남들이 하라는 대로 하지 못하고 정해진 길을 걸어가지 못하는 나는 주변인들과 사회에서 유별나다는 시선을 받았고, 스스로도 그 점을 인지하고 있었다.

하지만 누구나 성적과 숫자로 평가받는 걸 싫어하지 않은가? 세상은 작게는 시험 점수부터 월급과 연봉, 행복지수와 불행지수까지 모든 걸 숫자로 평가한다. 학교에서 도망친다고 평가에서 벗어날 수 있는 건 아니다. 어쩌면 우리는 죽을 때까지, 누군가가 정한 기준에 의해 평가당할지도 모른다. 죽는 순간까지도 생명보험의 입금 개월 수와 특약의 개수를 세어보면서.

그런 의미에서 내게 시험 기간은 언제나 스트레스로 다가왔다. 더군다나 오픈북으로 진행되던 비대면 시험이 아닌 대면 시험이라니. 찍기만 하면 되는 객관식도 아니고 내 생각까지 적어야 하는 서술형이라니.

이게 대학의 현실이란 말인가? 벚꽃이 지면 중간고사가 다가온다더니 그 말이 곧 사실이었다. 평소 수업을 듣는 사람도, 결석을 밥 먹듯이 하던 사람들도 책과 펜을 들고 도서관을 찾았다. 밤늦게까지 사람들이 좀처럼 줄어들지 않는 도서관에 나도 자리를 잡고 책을 읽고 또 읽었다. 필기해둔 노트, 형광펜으로 칠해둔 PPT 자료, 두꺼워서 다 읽을 엄두도 안 나는 전공책을 눈앞에 두고 졸음을 이겨내고자 안간힘을 쓰며 앉아있을 때면 '내가 여기서 뭘 하고 있나'라는 생각이 들기도 했다.

일부 사람들은 대학 성적은 그렇게 중요하지 않다며, 평균만 하면 된다고들 말했지만 나에게는 그렇게 간단한 문제가 아니었다. 국가 근로라는 생계가 걸려있기 때문이었다. 교내에서 업무를 보조하면서 장학금 개념으로 월급을 받는 국가 근로는 성적이 좋은 학생들만 신청할 수 있었다. 비대면 수업을 기준으로 했을 때 4.5점 만점에 4.2점을 넘겨야 했으니, 웬만큼 공부하는 정도로는 국가 근로 신청 기준의 성적을 얻기란 어려웠다. 그러니 돈을 벌기 위해서 억지로라도 머리채를 부여잡고 공부하는 수밖에.

이제 와 부끄러운 마음으로 고백하건대, 나는 죽기 살기로 공부해본 적이 별로 없다. 꼭 합격해야 하는 절대평가 시험이나 입시에 영향을 끼치는 검정고시는 나름 집중해서 공부했지만, 대부분은 벼락치기로 이룬 결과물이었다. 생각보다 괜찮은 성적이 나올 때도 있었고 그러지 못할 때도 많았다. 이번 중간고사는 약 3주 정도 앞두고 시험을 준비했으니, 나로서는 부지런히 계획을 세운 셈이다.

혼자 공부를 하면 딴짓하기 쉽다고, 대학교 동기들과 스터디실까지 빌려 공부를 했다. 준비는 완벽했으나 마음가짐에서 언제나 무너지는 법. 순 공부 시간보다 딴짓하는 시간이 더 많을 때가 잦았다. 그러면서도 시험을 잘 봐야 한다는 스트레스 때문에 만성처럼 달고 다니던 인후두 역류증과 과민성대장증후군까지 찾아왔다.

그럴 때마다 나는 상담 선생님과 의사 선생님을 찾아가 고민을 토로했다. 이제 좀 괜찮아졌다고 생각했는데 조금만 바쁘고 힘들어지면 왜 다시 무너지는지 모르겠다고. 안 할 수는 없으니 하긴 해야겠는데, 그 과정이 너무 힘들다고. 이렇게 공부를 했는데 결과가 만족스럽게 나오지 않는다면 진이 빠질 것 같다는 불평을 늘어놓았다.

선생님들이 말하기를, 이는 완벽주의를 논하는 자들이 흔히 쓰는 핑계라고 했다. 완벽한 결과물이 나올 것 같지 않아서, 좋은 점수를 받지 못할 것 같다는 이유로 해야 하는 일을 제대로 계획하고 해내기 전까지 쭉 미루는 습관. 단순히 시험이 아니라 과제도, 마감에서도 적용되는 것이라고.

흔히들 '발등에 불 떨어진다'라는 속담을 잘 쓰지 않나. 나도 마감 데드라인이 들이닥칠 즈음이면 정신을 차리고 밤을 새워서라도 마감을 한다. 머릿속에 꺼져있던 사이렌이 24시간 윙윙 울리면 잠들지 못하는 뇌는 스스로 카페인을 만들어내듯 내 머릿속의 상상력과 집중력을 끌어다 쓰는 것이다. 그런 식으로 해왔던 일들이 제법 성공적이었으니 아직도 벼락치기를 즐겨 하는 거겠지.

문제라는 걸 자각했지만, 아는 것과 고치려고 행동을 취하는 것은 다른 문제였다. 결국, 하는 수 없이 예전의 악습관을 다시 끌어와야 했다. 바로 목표한 바를 마칠 때까지 자리에 앉아있기다. 학교에서 공부를 하니 집보다는 긴장한 자세로 있게 되었으므로, 집 컴퓨터 앞에 앉아 마감하는 것보다는 공부하는 쪽이 훨씬 쉬웠다. 오늘 해야 할 목표를 다 마치지 않으면 집에 가지 않겠다는 심정으로 공부했다. 집에 돌아오면 항상 11시쯤이라, 그토록 싫어했던 고등학교 야간자율학습을 스스로 하고 있다는 생각이 들었지만.

안타깝게도 '집에 가고 싶다', '휴학하고 싶다'고 주문처럼 되뇌는 입까지는 막을 수 없었다. 매일 종강을 외치는 다른 대학생들같이 내 신세도 비슷했다. 한참 시간이 지난 것 같은데 아직도 두 달이 채 지나지 않았다니, 게다가 중간고사 뒤에는 기말고사가 있다니! 그 때문에 5월 중순까지는 학업

스트레스를 많이 받았던 것 같다.

결과적으로 시험 성적은 제법 괜찮게 나왔다. 아쉬운 점도 있었지만 필사적으로 공부하지는 않았으니 그런대로 수긍하는 수밖에.

불행 중 다행인 건 이번 대면 시험을 통해 대학 시험을 본격적으로 경험해보면서 시험에 대한 불안감이 사라졌다는 점이다. 처음 시도하는 일은 언제나 두려움이 도사리기 마련이다. 그러나 용기를 갖고 한번 해보면 생각보다 별거 아닐 수 있다는 걸, 우리는 살아가면서 수차례 경험한다.

시험이 끝난 후에는 아주 활기차고 후련한 마음으로 술도 마시고 놀았다. 이게 바로 자유로운 대학생의 삶일까? 시험을 마친 당일, 대학가의 술집에는 수많은 학생들로 자리가 �꽉 찼다. 소란스러운 이십 대의 청춘을 눈으로 보고 귀로 들으며, 나는 기력이 쪽 빨린 채 귀가했다.

역시 십 대나, 이십 대나 나이를 먹어도 시험은 어렵다. 나보다 나이가 더 많은 사람도 마찬가지다. 머리가 굳어서, 공부할 내용이 많거나 어려워서 등등의 이유로 배움을 거부하고 시험을 포기하지 않는가. 그저 시험에만 국한되는 건 아니다. 모든 새로운 시도가 그렇다.

최근 재취업을 고민하던 엄마가 말했다. 일을 안 한 지 오래돼서 이력서를 쓰는 것도, 새로운 곳에 근무하는 것도 두렵다고. 그리 오래 일을 쉰 것도 아니고 식당이나 가게, 옛날에는 회사까지 다니며 다양한 직종을 경험했던 우리 엄마도 새로운 것을 시도하는 걸 두려워한다. 나도 조언할 입장은 아니겠지만, 엄마에게 도전은 불가피한 것이라고 말했다.

시도하지 않으면 기회조차 주어지지 않는다. 기회를 붙잡지 못하면 발전할 수 없다. 어차피 피할 수 없다면 즐겨라! 유명한 누군가의 말을 토대로 부딪쳐야만 하는 일이라면 돌진하는 것이 답이다.

그렇게 중간고사라는 한 차례의 위기를 넘긴 나는 두 번째 위기인 조별 과제의 늪에 진입해 허우적거렸다. 으레 대학생들이라면 한 번쯤은 겪어야 할 시련이지만, 연달아 늪을 지나다 만나는 조별 과제란 조원의 사소한 실수도 쉽게 용납할 수 없게 되는 불화 요소로 충분하다는 생각이 든다.

이건 단순한 불평인데, 교수님들은 사실 우리의 시간표 따위는 고려하지 않고 과제와 시험 일정을 정하는 게 아닐까? 그렇지 않고서야 내 일상이 전부 대학으로 물들 리가 없다. 이번 달 내내 이만 자도 쓰지 못했다는 처참한 집필 속도가 그 주장을 뒷받침해주는 것 같다.

바쁘지만 그럭저럭 살고 있습니다

일상을 살아가며 마이페이스를 유지하기란 쉽지 않은 일이다. 더군다나 주 5일제의 삶을 살아가는 현대인들이 업무 또는 공부를 마치고 자기계발 활동을 하거나 부업을 한다?

이는 체력이 기적적이거나 몸을 망가뜨리면서 하는 일에 가깝다. 훌륭한 워라밸을 지키며 살아가는 사람들도 많으니 일반화하긴 어렵겠지만, 우선 대학생 겸 작가로 살아가고 있는 나는 투잡이 '불가능하다'고 말하고 싶다.

앞서 말했다시피 나는 학기 중에 원고 집필하는 걸 포기했다. 국가 근로를 활용해 짬짬이 글을 쓸 수 있었던 방학과 달리 대면 수업이 진행되는 학기에는 학과 수업 외의 무언가를 다양하게 해낼 수 없기 때문이었다. 동아리 활동이나 취미 활동을 하기 위해선 성적을 일부 포기해야 하고 학업에 집중하다 보면 절로 뒤따라오는 부속 업무들로 정신이 없기 마련. 본디 사람은 멀티 플레이를 할 수 없게 만들어져 있으므로 모든 일을 완벽하게 해내기란 불가능하다.

지금은 할 수 있는 만큼, 바쁘지만 그런대로 이것저것 해내며 살아가고 있다. 조별 과제와 기말고사를 정신없이 끝내고 난 뒤 종강을 기뻐할 새도 없이 작가 강연을 나가고 새로운 작품 런칭도 준비했다. 그리고 어째선지 끝날 무렵이 보이지 않는 별의별 회의가 이어졌다.

숨 좀 돌리나 싶던 7월, 숨 가쁜 마감과 대외 활동 등으로 일주일을 꽉 채운 채 살아가고 있었다. 와중에도 놀 땐 놀아야 하는 타입이라 매주 수요일이나 주말에는 일정을 잡아 놀거나 여행을 떠나기도 했다. 스스로 벌인 일이기도 하고 나름대로 알찬 삶을 살아가고 있으니 불만은 없었다.

이러한 시간들은 쌓이고 쌓여, 내게 경험을 내주었다. 처음에는 수십 가지가 넘던 고민들이 점차 합쳐지고 줄어들어 손에 꼽게 되었다. 이제는 스스로 해결할 수 있거나 훗날 고민해도 되는 과제들이라 과도하게 스트레스를 받는 일은 줄었다. 상태가 많이 나아졌음을 깨달은 상태라, 상담도 무사히 종결시켰다. 약 10개월 정도의 시간이 걸린 셈이다.

아직 약은 꾸준히 먹고 있다. 양은 늘지도 줄지도 않았으며 자기 전에 한 번씩 두 알을 먹는다. 아주 가끔 하루씩 까먹을 때가 있긴 하지만 나름대로 꾸준히 복용하니 약물로 인한 큰 기복은 느껴지지 않는다. 비로소 안정기에 접어들었다고 해야 하나, 약물 치료도 1년이 조금 안 되게 받고 있으니 느리지만 긍정적인 변화라고 할 수 있겠다.

사실 인생이란 게 '다른 사람과 다르게' 특별나게 행복하기만 하고, 활발할 수만은 없다. 그것이 성공한 인생이냐 물으면 사람마다 기준이 다르므로 그렇다고 대답하지 않을 수도 있다. 내가 현재에 만족하는 건 '다른 사람이 사는 만큼'의 일상을 나도 느끼고 즐길 수 있기 때문이다. 남들만큼 행복하고 남들만큼 열심히 하면서 쉬어갈 평균 수치에 도달했다는 점에 의의를 두는 게 이 우울증의 마침표가 아닐까.

언제나 행복할 수만은 없다는 걸 알면서도 남들보다 행복하지 못한 나를 비교하고, 항상 부지런하게 살 수 없다는 걸 알면서 나를 채찍질한다. 과도한 휴식을 넘어서서 게으

름을 피우면 나 자신이 쓸모없는 존재가 된 것만 같고 남들
하는 만큼 하는 건 부족하다 느끼면서도, 다른 길을 걸어가
자니 확신할 수 없는 미래에 불안해한다.

내가 살아온 삶이 이랬고, 조금 나아지나 싶다가도 다시
성공을 짓누르는 현실이나 무기력감에 휩싸이곤 했다. 이제
껏 내가 발버둥 친 건 그저 작은 어항 속에서 살아남기 위해
허우적대는 것과 같았다. 태어날 때부터 물 위에서 살아가
던 자들과 견줄 바가 되지 않으며 그마저도 헤엄치지 않으
면 물 밑으로 가라앉아버릴 삶이란 점에서 끊임없는 열등감
과 무력감에 사로잡히기도 했다.

이런 부정적인 감정을 되풀이하다 보면 결국 갉아먹히고
망가지는 건 나 자신이다. 나는 위협을 느끼고 산소호흡기
라도 달아보려 병원과 상담센터를 찾았다. 꾸준히는 아니더
라도 명상이나 독서, 강제 휴식을 통해 정신 건강을 되찾으
려고 노력했으며 이전의 망가진 내 삶을 흔히 말하는 '정상'
으로 되돌리려고 했다. 그리고 지금에 와서야 조금 확실하
게 말할 수 있게 되었다. 나는 건강해졌다고.

나는 5년을 넘긴 우울과 완전히 이별하진 못했다. 우울은
좀처럼 사라지지 않고 정신 면역력이 떨어지면 슬그머니 나

타나는 존재이기 때문에, 생각보다 더 많은 시간을 이 녀석에게 할애해야 할지도 모른다.

그러나 너무 걱정하지 마시길. 사람에게 주어진 감정들은 모두 이유가 있기 때문에 존재하는 것이다. 이러한 우울은 어떤 예술가에게는 영감을 주었으며 어떤 사회에는 경각심을 갖고 변화할 기회를 주었다. 쓸모없는 감정은 없다. 내 등 뒤에 달라붙은 이 감정이 나를 잡아먹지 않도록 주의하고 공존해야 할 일만이 남았다.

그렇게 바쁜 학기가 지나가고 드디어 여름방학이 찾아왔다. 언제나 그렇듯 학생에게 방학이란 너무나도 달콤하고 소중한 시간이다. 이 방학이 대학생으로서의 마지막 휴식이었다. 3학년 2학기부터는 사회복지 현장실습 때문에 정신이 없을 것이며 4학년이 되면 자격증 시험과 취업 준비로 인해 나 역시 취업전선에 뛰어들게 될 테니까. 그 시간이 다가오는 게 너무 두렵고 회피하고 싶은 마음도 크지만, 포기하지 않고 직면하리라 마음먹었다.

이제는 새롭게 다가올 일들을 마주할 준비가 되었다. 한바탕 구르면서 에너지를 충전해두었으니, 더는 방전되지 않도록 스스로를 제어하면서 살아가는 수밖에!

글은 나의 삶, 숨, 쉼

언제부터 이렇게 글을 좋아하게 된 걸까. 돌이켜보면 어릴 적부터 부모님은 내가 똑똑한 아이가 되길 바라며 세계동화전집이나 전래동화 시리즈 등의 책을 한가득 구매해 책장을 꽉 채워주셨다. 어린이집에 가면 항상 독서 시간이 있었고 남들보다 빨리 책을 읽었던 나는 다른 친구들이 책을 다 읽을 때까지 읽은 책을 읽고 또 읽어야 했다.

초등학교 입학식 첫날에 전학을 와서 집 주변에 아는 사람이 전혀 없었다. 그때 책은 내게 친구가 되어주었다. 학교 도서관은 내게 꿈만 같은 곳이었고, 도서관이 닫을 때까지 자리를 잡고 다양한 책을 읽으며 지식을 높이고 상상력을 키웠다. 얼마나 도서관을 쏘다녔으면 사서 선생님과 연락처도 나누고 대신 사서 의자에 앉아 책 바코드를 찍거나 책을 정리하는 등 도서관의 꼬마 사서로도 열심히 일했다.

본격적으로 글을 쓰게 된 나이는 아홉 살, 그마저도 인터넷 소설이 유행하던 유치한 시절에 대본체로 작성한 소설이 시작이었다. 내 캐릭터들을 만들어서 가상의 중, 고등학교 생활을 상상하고 글을 써가며 펼쳐낸 세계는 작고 조용했지만 즐거웠다. 조금 더 머리가 자랐을 땐 공책에 칸이 가득 차게 글을 쓰고 공책을 돌려 친구들에게 읽게 해주었다. 글에 대한 감상이나 평가를 댓글처럼 남겨달라고 부탁도 했다.

멋모르고 글을 쓸 때는 잘 몰랐지만, 내게 작가의 꿈을 심어주었던 책이 하나 있다. 많은 사람이 좋아하는 책이자 작가라고 꼽는 구병모 작가의 『위저드 베이커리』말이다. 서양의 아이들이 『해리 포터 시리즈』나 『반지의 제왕』을 보고 다양한 판타지 세계에 발을 들이듯, 작가나 판타지에 꿈을 꾸게 된 한국 청소년들에게도 그 시초가 존재한다.

하지만 그 책은 내게 재미 이상의 강렬한 감정을 심어주었다. 친숙하면서 좋아하는 소재, 따뜻하고 신비로운 표지와는 상반되는 얼음처럼 냉정한 현실. 그 현실을 잊게 해주는, 버터 냄새와 크림 냄새가 가득한 빵집 오븐 속 같은 곳들을 나는 내심 바라왔던 걸지도 모른다.

마냥 행복했던 동화 속의 해피엔딩을 벗어나 처음으로 찾게 된 청소년 문학은 실로 진실하면서도 허구이기에 아름다웠다. 나도 이런 글을 쓰는 작가가 되고 싶다는 생각을 품게 하였다. 으레 책을 좋아하는 아이들이 꿈꾸는 직업 중 하나가 바로 작가 아닌가. 직업의 현실을 모조리 배제하고 그저 멋지다는 이유만으로 꿈을 꿀 수 있는 그 시절의 순수함이 그립기도 하다.

처음부터 다소 적극적이었던 내 글쓰기는 학년이 올라가고 중학생이 되면서 더 다채로워졌다. 공책으로 글을 쓰던 시절에서 이제는 인터넷 커뮤니티와 카페를 활용해 글을 써서 공유하고 피드백을 받는 등 글의 주제와 장르를 넓혀나갔다. 그 무렵 교내 대회에서 글쓰기 상을 받기도 하고, 문예 창작과나 예술 고등학교 입학을 꿈꾸는 등 작가를 꿈꾸는 학생으로서의 삶을 착실히 살아왔다.

하지만 문학이라는 건, 나아가 작가의 삶이라는 건 얼마나 번드르르한 과실에 불과한가. 겉보기엔 너무나 먹음직스럽고 그럴듯해 보이지만 막상 속을 파보면 꽉 채워진 것은 얼마 없고, 그마저도 빈 열매를 틔우기 위해서 너무나 많은 노력을 기울여야 한다는 걸 깨닫고 난 뒤 절망하기도 했다.

완전히 모르고 살아갈 수는 없다. 일찍이 어른들에게서 예술가는 취미지 직업이 아니라며, 돈을 벌 수 없는 일이라는 이야기를 숱하게 들어왔으니까. 현실을 알면서도 이제껏 부정해온 걸 수도 있다.

'아니야. 나도 한 작품만 성공하면 작가로 먹고살 수 있어' 이랬던 마음이 '작가와 다른 일을 병행하며 살아가면 되지. 꼭 한 가지 일만 할 필요는 없잖아?'라는 쪽으로 변질되기까 진 오랜 시간이 걸리지 않았다. 어쩌면 지금도 고민의 기로에 서 있는 게 아닐까 생각이 들 정도다.

어린 시절의 치기로 직접 완성한 글을 책으로 내보기도 하고 합작을 써가며 다른 사람들과 교류하던 시절도 지나, 문예창작과 입학을 위해 본격적으로 순문학을 쓰던 시절이 가장 글을 쓰는 데 고민이 많던 시기였다. 입시 예술이라고, 대학과 각종 백일장 및 공모전의 입맛에 맞춰 적어야 하는 글이 익숙하지도 않았거니와 주변에는 도와줄 사람이 하나 없었다. 오직 내가 스스로 정보를 찾고 연습하면서 입시를 준비해야 했다.

그때부터 내가 진정으로 쓰고 싶은 글이 무엇인지, 어떤 장르를 좋아하고 잘 쓰는지 나의 글을 고찰하게 되었다. 그리고 언제나 좋아하는 것과 잘하는 것이 일치할 수는 없다는 슬픈 결론이 나왔다.

소설을 좋아하는 나지만 자유롭게 내 이야기와 실존하는 것에 관한 수필을 쓰는 게 재능을 더 선보일 수 있는 쪽이었고, 남들 역시 소설보다는 내 이야기에 더 관심을 보였다. 순문학을 넘어서 장르 문학도 적어보고 비문학도 적어본 바로는 비문학은 내가 건들기엔 너무 먼 장르라는 생각도 들었다. 요즘엔 각종 정책제안서 등을 쓰면서 정형화된 문서를 작성하는 데에도 열을 기울이고 있지만 말이다.

이런 글들이 언젠가 사람들의 칭찬을 받고 세상 밖으로 나올 수 있다면 얼마나 좋을까. 대개는 기억 속에서 지워져 쓰레기통이나 데이터 더미로 버려지는 것들. 힘겹게 세상 밖에 나와도 관심을 받지 못하고 희미한 활자로 남아 사라지는 글들이 무수하다. 나는 내 키와 몸무게에 달하는 수백, 수십만 자의 글을 써왔으나 많아야 책 한 권, 혹은 한 글자의 이름도 기억 속에 새기지 못한 채 살아가고 있다.

그러나 이것을 나의 실패라고 할 수 있을까? 유명한 작가가 아니라고 해서, 남들보다 많은 글을 쓰지 못했다고 해서 내 삶의 마침표가 찍히는 건 아니다. 포기하지 않고 다양한 글을 쓰고 또 써왔기에 작가라는 타이틀을 쟁취했고 남들 앞에서 나를 작가라고 소개하고 있지 않은가.

결국에는 꿈을 이루었고 목표는 현재 진행 중이다. 한 차례의 성공으로 끝나는 게 아니라, 새로운 이야기를 끊임없이 세상에 선보이기 위해 지금도 쉴 새 없이 타자를 두드리고 있다.

일찍이 쓰디쓴 실패를 여러 번 겪어본 사람으로서, 열매를 맺는 데에 두려움을 갖지는 않는다. 열심히 일구고 가꾼 결실이 언제나 달콤하고 환영받을 수는 없다. 개중엔 실패한 농사도 있고 때가 알맞지 않아 썩어서 떨어진 결과물도 있다. 그럼에도 글 농사를 짓는 주체인 나는 아직 건강히 살아있기에, 오늘도 백지에 씨앗 대신 글을 뿌리는 것이다.

어떨 때는 너무 나의 진솔한 이야기를 선보이는 게 아닌가 싶어 두렵기도 했다. 남들이 나를 비난하거나, 혹은 내 글이 형편없다 평가하며 손가락질하는 것을 보기 싫어 나를 숨기던 때도 있었다.

하지만 지금은 내 삶이, 이 진솔한 글들이 오히려 내 매력이자 내가 써가는 책의 포인트라는 걸 안다. 우울증에 관한 이 책을 쓰기까지 많은 고민을 했다. 막상 글을 쓰는 것 자체는 어렵지 않았으나, 내가 우울증 환자라는 걸 남들에게 알리고 세상에 책을 내면 주변 사람들은 어떤 반응일지 두려웠기 때문이다.

지금은 그 두려움마저도 옅어지고 어서 내 책을 세상에 선보이고 싶다는 기대감밖에 들지 않는다. 작가는 자신의 삶을, 자신의 이야기를 밑천까지 드러내며 그것을 글감으로 삼는 사람이다. 갉아먹을 소재가 부족하면 수많은 경험과 휴식 속에서 어떻게든 새로운 아이디어를 찾아내야만 한다.

나는 아직 젊은 나무뿌리이며, 다양한 과실을 맺기에 충분한 양분이 남은 존재다. 과도한 농사로 잠시 공급이 끊겼지만, 이제는 어떻게 나를 다스리고 글을 써야 할지 안다. 매번 풍년을 이루지는 못하더라도 한 해마다 작은 열매나마 품을 수 있게 노력하는 사람이 되는 것. 그게 내 목표다.

글은 나의 삶, 나의 숨, 나의 쉼. 이 세 글자는 발음도 글씨도 참 많이 닮았다. 숨을 쉬기에 삶이 있고 삶을 살아가기 위해선 쉼이 필요하다. 글은 내가 말하지 못하고 드러내지 못하는 숨소리까지 표현해주고, 활자가 설명하는 수많은 이야기를 읽고 듣게 하며 휴식을 내어준다.

그리하여 글로 시작해 글로 끝날 내 삶에, 한 줄로 세우면 끊임없이 이어질 나의 글이 곁에 있었으면 좋겠다. 내가 살아온 수 분 수 초의 시간보다도 긴 글자의 나열이 끝내 나를 잠식해 묻힐 때까지, 나는 말하고 쓰면서 살아가련다.

멈출 수는 있어도 포기할 수는 없는 것

    중, 고등학교에 다닐 적에는 시간이 너무나 느리게 흘러만 갔다. 40~50분 이어지는 수업 시간이 언제 끝나는지 시계를 흘끔흘끔 바라보며 쉬는 시간이나 하교 시간이 오길 기다렸다.

    그러나 요즘엔 어찌나 시간이 빨리 가는지, 잠을 자건 일을 하건 간에 24시간이 모자라 죽을 지경이다. 눈 감았다 뜨면 일주일이 흐르고, 숨 한 번 깊게 내쉬면 한 달이 가는데 1년은 오죽하겠는가. 이십 대를 고작 넘긴 시점임에도 시간이 야속하게 느껴진다는 게 우습다.

나이를 먹을수록 해야 하는 과업은 많아지고 그에 비해 움직일 수 있는 시간은 줄어든다. 고작 몇 년인데도 체력은 그 몇 년 전과 같지 않으며 돈과 경험이 쌓이는 속도보다 무언가를 선택하고 포기하는 일이 더 많아진다. 스물을 넘겼으니 성인이라는 자유 아래 감내해야 할 많은 책임들. 그러나 이 책임을 어떻게 견디고 살아가는지 세상은 단번에 알려주지 않는다. 쓰디쓴 실패를 겪으며 스스로 배워가게 만들 뿐.

어느새 1년만 있으면 취업을 준비해야 하는 시기라는 게 믿기지 않고 사실 믿고 싶지도 않다. 실습, 봉사, 자격증 취득, 스펙 쌓기 위한 기본적인 발판을 밟아나가며 본격적으로 사회에 입문해야 한다니. 학교는 공부가 싫으면 도망칠 수라도 있지 사회에서는 취업하기 싫다고 도망치면 쫄쫄 굶어 죽는 것밖에는 답이 없다.

그래서인지 요즘에는 기분이 싱숭생숭하다. 내가 이토록 바쁘게 살아왔던 게 다 헛수고같이 느껴지기도 하고, 취업을 위한 발판에 불과하다는 것에 씁쓸함도 느낀다. 분명 어릴 적 꿈은 자유롭게 널리 글을 쓰는 작가였는데, 이젠 제법 현실과 타협하며 살아가야 한다니.

고집 많은 내가 현실과 이상을 저울질하고 타협하는 데에는 오랜 시간이 걸렸다. 지금도 진행 중이라는 현재형 동사를 써야 더 알맞겠다. 사회복지사라는 직업에 불만은 없으나 오로지 나의 바람만으로 선택한 직업만은 아니다. 흥미가 있고 이 직업을 통해 이루고자 하는 신념이 있지만, 역시 현실적인 급여나 안정성을 고려하지 않을 수 없기 때문이다.

한데 세상에 내가 하고 싶은 일만 하며 살아가는 사람이 몇이나 될까? 아무리 돈이 많고 아무리 유명한 사람도 살아가기 위해선 어쩔 수 없이 해야 하는 일들이 있다. 우리는 그 일들이 조금 더 많거나 힘들 뿐, 결코 불행한 사람이 아니다.

세상이 불공평하다는 건 일찍이 알고 있었고 그것을 조금이나마 공평하게 만드는 게 사람들의 선의이자 나라의 복지라고 생각해왔다. 어릴 적부터 가난이 무엇인지 알고 있었던 나는 여기저기 집도 옮겨봤고 나라가 주는 돈이나 카드를 받아 밥을 사 먹고 옷을 사 입었으며 주민센터나 복지단체 같은 곳에서 지원 물품을 받기도 했다.

한때는 그것이 부끄럽다고 생각한 적도 있으나 지금은 다양한 정보를 알고 있기에 많은 혜택을 받는 거라고 생각한다. 그렇게 따지면 학기마다 수백만 원 되는 등록금을 국가장학금으로 지원받는 사람들도 전부 부끄러운 사람들인가? 아니다. 우리나라의 복지가 향상되었기 때문에 많은 학생이 당연하게 대학 진학을 선택하고 다닐 수 있는 거다.

이제 성인이 되었지만, 나는 여전히 대학생 신분으로 등록금을 지원받는다. 일정 분위 이상의 성적우수자만 할 수 있는 국가 근로도 학기마다 꾸준히 하고 있다. 외부 장학금을 통해 부족한 등록금과 생활비를 마련하고 내게 투자할 비용을 얻는다. 열심히 살아내는 모습에 기특하다며 칭찬해주고 싶은 삶이 현재의 내 삶이다.

이제껏 빛나는 길을 걸어온 적도 없고 남들에게 주목받지 못했던 적도 많다. 바닥에서부터 시작했지만, 그렇다고 항상 상향선을 그리며 살지도 못했다. 영리하게 태어났어도 그 능력을 뒷받침해주거나 키워줄 힘이 없으면 곧 재능은 꺼지기 마련이고, 외적으로 남들보다 두드러지면 그게 좋든 나쁘든 놀림이나 핍박을 받는다. 스스로가 자만이나 허위, 나쁜 것에 빠져 자신을 갉아먹기도 하며 크게 혼난 뒤에도 정신을 못 차리는 자들도 많다.

그럼에도 인생은 끝나지 않는다. 삶이라는 하나의 기로

를 걷다가 멈출 수는 있어도 그 삶을 포기할 수는 없다. 왔던 길을 되돌아가는 자들이 있는가 하면 여기서 주저앉을 수는 없다고 온 힘을 다해 달려가는 자들이 있다. 각자의 길은 너무 좁거나 넓고 험난하거나 평탄하며 걸음걸이와 보폭, 속도마저 다르기에 어느 누가 승자라고 할 수 없다. 애초에 결승선마저 다르기 때문이다.

결국에는 나 자신과의 싸움임을 알면서도 눈에 보이는 다른 자들이 나보다 잘 달리는 것 같으면 흔들리고 질투하기 마련이다. 경쟁심이라는 건 생명이 있는 존재라면 누구나 가지는 마음이다. 본능적으로 생겨나는 그 감정을 애써 억누른다면 망가지는 것도 결국 나다. 누가 나를 가장 잘 제어하고, 누가 나를 걷게 하며 누가 나를 결승선으로 이끄는가?

답은 모두 본인에게 있다. 삶의 기로를 잘 걷는 법, 포기하지 않는 법, 멈추어 쉴 때 잘 쉬는 법은 주변 사람이나 책 따위가 가르쳐줄지언정 삶의 길 자체를 가르쳐주지는 않는다. 그들이 살아가는 방식과 내가 살아가는 방식은 다르기 때문이다. 비슷하게 걸음걸이를 따라 하고 속도에 맞춰 걸어도 그것을 오래 따라 하긴 힘들다. '뱁새가 황새 쫓다가 가랑이 찢어진다'라는 속담도 있다. 나는 나의 한계가, 나와 다른 타인에게는 타인의 한계가 있으므로 우린 그 차이를 인정하며 살아가야 한다.

언젠가 걸어야 하는 길이 버거워 삶을 포기하고 싶었던 십 대의 나, 너무 열심히 달려온 탓에 이 길을 걸어야 하는 목적을 잃어버린 이십 대 초의 나, 그리고 두 번의 수렁에 빠져본 뒤 비로소 새로운 마음으로 길을 다시 걷겠다고 다짐한 지금의 내가 여기에 있다.

묻건대, 이 책을 읽는 여러분은 삶의 기로 어디에 서 있는가? 본인이 생각하기에 그 길은 좁고 험난한지, 혹은 비교적 넓고 평탄한지. 내 걸음과 속도는 어떻고 앞으로 이어진 길의 끝은 어디일지. 그것들을 모두 상상하며 걷는 것. 눈에 보이지 않는 결승점을 바라보기보단 현재 나의 상태를 알아가며 주변 풍경을 살피는 게 삶의 기로를 걷는 가장 옳은 답이 아닐까.

당신들보다 조금 나이가 많은, 혹은 십수 년이 넘게 어린 저자가 감히 충고하는 이야기는 흔하게 듣던 이야기 중 하나일 지도 모른다. 나는 고작 두 번의 수렁을 겪었으니 살아가면서 더 많은 고난에 빠지고 더 오랜 시간 고통스러워할 수도 있다. 그럴 때마다 이 책을 보려고 한다. 내가 살아온 시간과 노력한 과정들을 되돌아보면서 현재를 견딜 힘을 얻기 위하여.

　길은 끝없이 이어진다. 부족한 24시간의 하루를 유일한 나침반 삼아, 나는 오늘도 걷는다.

에
필
로
그

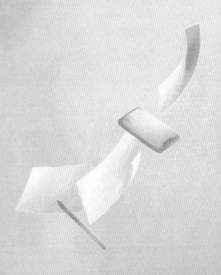

———— ✦ ✦ ✦ ————

　이 글을 쓰겠다고 고민하고 직접 글로 옮기기까지는 일정한 에너지가 필요했다. 어떤 글을 쓸지 구상하고 그것을 읽기 좋은 글로 다듬어 정리한 뒤 디자이너와 편집자를 골라 한 권의 책으로 완성될 수 있도록 편집하고, 디자인하기까지. 모든 출판의 과정에 참여하며, 나 홀로 감내하기엔 쉽지 않은 일이라는 걸 깨달았다.

　이 책을 만들 수 있도록 동기를 부여해준 YDP 창의예술교육센터의 '청소년 펠로우십' 프로그램을 시작으로, 꾸준히 내 글을 읽어주고 감상을 남겨주는 사람, 연재하면서 짧게 얻게 된 응원이나 반응, 함께 힘든 시기를 겪으며 성장한 친구들과 지인, 무엇보다도 이 책이 세상에 나올 수 있도록 출판 비용을 지원해준 대신정기화물재단 등 여러 사람의 힘이 있었기 때문에 겨우겨우 책을 완성할 수 있었다.

　책을 내기까지도 많은 고난과 과정이 있었다. 백여 곳의 출판사에 투고 문의를 넣었으나 원하는 답이 돌아오지 않았고, 어렵사리 적은 내 글을 포기할 수 없었기에 자가 출판을 선택했다. 개인 소장을 위한 독립출판과 다르게 상업 출판을 내 손으로 시작해 내 손으로 끝내려니 어려운 일이 이만저만이 아니었다.

이제 막 이십 대에 발을 들인 후기 청소년의, 더군다나 그가 살아온 십 대와 이십 대의 경계의 우울을 알고 싶은 자가 세상에 얼마나 있겠는가? 그런데도 나는 써야 했다. 나의 이야기를 누군가에게는 알려야 했다. 어린 날의 내가 필요로 했던 우울을 극복한 자의 삶을, 분명 어떤 이는 역시 갈구하고 있을 테니까.

그저 하나의 소재거리로 치부될 수 있었던 나의 삶이 어떤 청소년에게 선택지를 주었고, 어떤 학부모에게는 깨달음을 주었으며, 세상에 있는지도 몰랐던 사람들을 만나게 해주었기 때문이다. 나는 비로소 작가가 되었고 세상에 내가 알리고 싶은 이야기를 전할 권리가 있었다.

우울증은 나아질 수는 있으나 완전히 사라지진 않는다. 마음이 약해지고 몸이 허해지면 우울은 다시 나를 잡아먹은 채 몸집을 키울 것이며, 그때마다 나는 약이나 사람들의 조언 혹은 나만의 자가 치료법으로 이 위기를 맞서나갈 준비를 해야 한다. 어떤 자들은 이 지루한 싸움에서 이겨낼 자신이 없어 일찍이 포기하곤 한다.

내 글이 한 사람을 살리고 한 사람을 낫게 한다면 정말 좋겠지만, 사실 세상에 존재하는지도 모르는 책 한 권이 세상을 완전히 바꿀 수는 없다. 그 점을 알면서도 어두운 길에 누군가가 볼 수 있도록 불씨 하나를 놓아주는 일이 내 목표이자 이 책의 전부이다.

내가 다시 살아갈 수 있게 작은 불씨를 하나하나 놓아준, 말로 다하지 못하고 손으로 전부 헤아릴 수 없는 모두에게 감사를 전한다. 한 페이지를 채우다 못해 넘쳐날 사람들이기 때문에 이름을 거론하지는 않겠다. 대신 이 책을 보게 된다면, 한 번쯤 안부 연락을 주고받았으면 한다.

　마지막으로 여러분에게 해드릴 수 있는 말은 결국 흔한 말이다.

　　행복은 언제나 곁에 있음을 잊지 말 것.

　　불완전하기에 아름다운 삶을 사랑할 것.

　　그리하여 오늘을 이겨내고 내일도 힘차게 살아가기를.

　　　　　　　　　　　　　　　　　2022년 8월 1일

　　　　　　　　　　　　　　팔월의 초입에 인사를 건네며

　　　　　　　　　　　　　　　　　　　　나은진

우울과 5년째 동거 중입니다

초판 1쇄 발행 2022년 10월 04일

지은이 나은진
펴낸이 류태연

편집 김수현 | **표지디자인** 손수정 | **내지디자인** 조언수

펴낸곳 렛츠북
주소 서울시 마포구 양화로11길 42, 3층(서교동)
등록 2015년 05월 15일 제2018-000065호
전화 070-4786-4823 | **팩스** 070-7610-2823
이메일 letsbook2@naver.com | **홈페이지** http://www.letsbook21.co.kr
블로그 https://blog.naver.com/letsbook2 | **인스타그램** @letsbook2

ISBN 979-11-6054-574-6 (03810)